Deniz Selek

Aprikosensommer

FISCHER Taschenbuch

Originalausgabe
Erschienen bei FISCHER Kinder- und Jugendtaschenbuch

© Fischer Kinder- und Jugendbuch Verlag GmbH,
Frankfurt am Main 2015
Satz: Dörlemann Satz, Lemförde
Druck und Bindung: CPI books GmbH, Leck
Printed in Germany
ISBN 978-3-7335-0066-5

Für die kluge und starke Anastasia,
weil ich weiß, dass du es schaffst!

Inhalt

Das Ende	9
Das Glück	24
Die Bekanntschaft	40
Die Geschichte	52
Die Hoffnung	64
Der Traum	74
Der Zettel	86
Die Brücke	105
Der Auftritt	120
Die Suche	133
Die Schwester	149
Das Komplott	165
Die Stadt	181
Das Hotel	196
Der Dolmetscher	211
Das Herz	226
Die Familie	238
Der Streit	254
Die Versöhnung	267
Der Anfang	275
Glossar	285

Das Ende

»Nicht dein Ernst, oder?« Mein eben noch freudiges Lächeln zerplatzte wie ein Ballon beim Nadelstich.

Und heraus regnete Asche, winzige graue Staubpartikel tanzten vor mir im Sonnenlicht.

Wir standen allein auf dem Flur vor seiner Klasse, und Matteo registrierte jede Regung in meinem Gesicht, jedes Zucken, jedes Heben und Senken. Alles. Jeder Muskel, jeder Nerv, jeder Millimeter Gefühl war sichtbar unter meiner zerrissenen Fassade. Er wurde rot, drehte den Kopf weg und sah aus dem offenen Fenster nach unten in den Schulhof, von dem der Pausenlärm zu uns heraufschallte.

So sehr mich das Geschrei der jüngeren Schüler sonst nervte, in diesem Moment war ich froh darüber, weil es mein inneres Schreien übertönte.

Matteo antwortete nicht. Er sah nach draußen, die Hände so tief in den Taschen vergraben, dass er seine Hose damit noch weiter runterschob und seine Beine lächerlich kurz wirkten. Er wollte gehen, wollte dieses unangenehme Gespräch beenden, so wie er uns gerade beendet hatte. Er wollte weg von mir. Schluss.

»Hau ab«, sagte ich. »Verpiss dich, du Arsch.«

Ich musste das sagen, ich musste ihn beleidigen, weil ich geheult hätte, wenn ich es anders gesagt hätte. Weil ich auch geheult hätte, wenn ich nichts gesagt hätte. Und ich wollte nicht heulen. Jedenfalls nicht vor ihm. Wahrscheinlich sah er trotzdem das Wasser in meinen Augen.

»Okay«, sagte er und wandte sich zum Gehen, obwohl er in zehn Minuten in diesem Klassenraum wieder Unterricht hatte und ich diejenige war, die gehen musste. Ich hatte in der nächsten Stunde Werken, das in einem anderen Gebäude der Schule stattfand.

Es ist vorbei, dachte ich, das war's. Mein Herz zog sich zusammen, tuckerte und stach und schickte dabei zehnmal die gleiche Frage an meinen Bauch. Ist es wirklich vorbei? Mein Bauch zierte und wand sich und antwortete doch zehnmal mit dem gleichen flauen Ja.

Bewegungslos klebte ich im Flur vor dem Klassenraum des Typs, der bis vor einer Minute mein Freund gewesen war. Ich konnte ihm nur hinterherstarren wie ein hypnotisiertes Karnickel, bis er endlich um die Ecke bog. Matteo Veronne und Evelyn Morgenstern.

Es waren einmal ein Junge und ein Mädchen mit den schönsten ausgefallenen Namen, wie es sie kein zweites

Mal gab auf der Welt. Und das Schicksal wollte es, dass sich genau diese beiden am coolsten Ort und in der coolsten Schule aller Zeiten begegneten. Freie Waldorfschule Berlin-Mitte.

Beim ersten Anblick verliebten sie sich unsterblich ineinander und wussten, dass sie füreinander bestimmt waren. Sie wussten, dass sie für immer zusammen sein würden. Zumindest sie wusste das. Na ja, sie hatte es geglaubt, okay, gehofft.

Meine Hand zitterte, als ich die Tasche nahm, und meine Knie wabbelten, als ich die ersten Schritte nach dem Verlassenwerden machte. Noch nie hatte mich ein Junge verlassen; konnte auch nicht, weil Matteo mein erster Freund gewesen war. Ich wankte in die entgegengesetzte Richtung, weg von ihm, obwohl sich alles in mir dagegen wehrte, obwohl ich mich wie abgeschnitten fühlte und es so weh tat. Trotzdem wusste ich, dass es richtig war, denn wo es weh tut, da geht's lang. Hatte mir mein Onkel mal gesagt. Damals verstand ich den Satz nicht, heute ahne ich, was er gemeint haben könnte.

Das Treppenhaus blockierte Hakan aus der Elften, eine Klasse über uns, mit seinen Leuten. Sie hatten sich so auf die oberen Stufen gesetzt, dass man im Slalom um sie herumtrippeln musste. Ich stieg über sie hinweg und traute mich nicht, laut zu schimpfen, weil sie ständig Sprüche abfeuerten. Wenn man sie ignorierte, ging es vielleicht. Heute jedoch nicht. Heute war mein Glückstag, ein Highlight jagte das nächste. Ich wusste, dass Hakan auf mich stand, das machte es nicht besser.

»Ey, Eva«, rief er, kaum dass ich mich an ihm vorbeigequetscht hatte. »Wo is Adam?«

Alle lachten, und ich versuchte noch schneller wegzukommen. »Hat disch verlassen im Paradies?«

Fast wäre ich gestolpert. Ich drehte mich zu Hakan um und bedauerte sehr, dass Blicke nicht töten können. Leider, leider nicht. Er hielt meinem Blick stand und lachte. Lachte mich einfach aus. Ich hasste ihn und konnte nichts erwidern. Der einzige Trost, der mir blieb, war, dass er nicht wusste, wie recht er hatte.

»Vallah«, grinste er anzüglich. »Is egal, Mann. Nimmst du Cengiz.« Bei der Erwähnung des Namens zuckte ich zusammen. Wieder lachten alle, nur Cengiz drehte sich verschämt weg. Ich übersprang die letzte Stufe und lief davon. Trotzdem holte mich Hakans Stimme ein.

»Ey, Eva«, rief er. »Cengiz liebt disch voll. Escht jetz!«

Wie hatte es dieser Trottel eigentlich bis in die Oberstufe geschafft? Ich trat gegen die Glastür, die sich scheppernd öffnete, und wich geblendet zurück.

Der Frühling war in diesem Jahr zu einer Zeit ausgebrochen, die bei mir noch Winter hieß und damit sehr viel besser zu meiner Stimmung gepasst hätte. Graue Wolken, Regen und ein eisiger Wind wären mir jetzt recht gewesen, vielleicht noch ein paar Graupel dazu, gern auch Hagel. Doch die Sonne feuerte so viel Licht und Wärme in den Schulhof, als hätte sie vergessen, dass sie noch gar nicht dran war.

Der sonst stetig rauschende Verkehr schien seine Lautstärke zugunsten des Vogelgezwitschers gedrosselt zu haben. Sie sangen fröhlich, Bäume, Sträucher und Hecken trieben aus, und Finn und Rosa standen eng umschlungen neben der Mensa und knutschten, bis sich einer am anderen verschluckte. Ekelhaft. Jetzt fehlten nur noch flatterhübsche Schmetterlinge, ein putziges Eichhörnchen oder … Krokusse! Entschlossen stampfte ich über das Beet neben mir und machte eine Gruppe von fünf lila Blüten platt. Und hätte fast geheult, weil sie dann flach und abgeknickt dalagen wie Tote. Es half auch nichts, dass ich mich sofort bückte, um sie wieder aufzurichten. Als Blumenmörderin fühlte ich mich noch elender.

Am liebsten hätte ich Werken geschwänzt, doch das hatte ich in der Woche zuvor schon getan und für die Entschuldigung die Unterschrift meiner Mutter gefälscht. Das war rausgekommen und hatte mir eine Menge Ärger eingebracht. Also musste ich hin.

Ich ging langsamer, als ich ein paar aus meiner Klasse vor dem Werkraum sah. Unter ihnen meine Freundin Henny, die sich wieder herausgeputzt hatte wie eine Indianerin, nur in blond. In ihren langen Haaren hingen kleine Muscheln, und um ihre Stirn lag ein buntes Flechtband mit Federn an den Enden. Sie wedelte mit den Armen, die von zahllosen Reifen, Bändern und Perlenschnüren umschlungen waren. An drei Fingern prangten Türkisringe, und auch ihren Hals zierte ein Lederband mit einem großen Stein. Obwohl ich ihre Aufmachung gewöhnt war, fragte ich mich, ob ihr das ganze Gedöns nicht irgendwann mal zu schwer wurde.

Je näher ich kam, umso weniger wedelte sie. Wahrscheinlich eilte mir schon eine derart penetrante Er-hat-Schluss-gemacht-Wolke voraus, dass sie riechen konnte, was los war. Wie Hundekacke am Schuh, die man erst nur als Ahnung wahrnimmt und damit über flauschigen Teppich latscht.

»Was ist passiert?« Henny bohrte ihre grauen Augen in meine. Eigentlich war sie viel zu schön für eine beste Freundin. Wenn man auch nur ein Fünkchen Interesse an Jungs hatte, sollte man sich von ihr fernhalten. Erst recht, wenn man selbst in der mittleren Kategorie unterwegs war. Aber Henny war nicht nur schön, sondern auch noch lieb dazu. Eine verheerende Mischung. Mehr als je zuvor wünschte ich, sie nicht so gern zu haben und mit einer Hässlichen befreundet zu sein. Einer richtig Hässlichen. Damit wäre es mir viel besser gegangen, obwohl Henny mit Matteo gar nichts zu tun hatte. Die mochten sich nicht mal. Es war nur dieses miese Gefühl, dass er mich möglicherweise nicht verlassen hätte, wenn ich auch so schön gewesen wäre wie sie. Dann hätte er über das andere vielleicht hinwegsehen können. So was tat man doch bei schönen Menschen, da sah man über ein paar kleine Macken hinweg, die fielen einfach nicht so ins Gewicht. Henny wurde nie verlassen. Natürlich nicht. Wenn ich ein Junge gewesen wäre, hätte ich das sicher auch nicht gemacht.

Neugierig beäugten mich jetzt auch Marlene, Clara und Natalie, die bei ihr standen. Auch sie wollten wissen, was los war.

»Nix«, murmelte ich und sah an ihnen vorbei, sie würden es ohnehin bald erfahren. Herr Zorn drängte sich mit hocherhobenem Schlüssel zwischen uns durch bis zur Tür. »Leute«, stöhnte er. »Nun macht doch mal Platz!«

Henny zog mich an einen Tisch am Ende des Raums, während die anderen ihre Schnitzarbeiten und Werkzeuge aus den Regalen nahmen. »Was ist denn mit dir?«, flüsterte sie und schob die Strähne mit den Muscheln hinter ihre Schulter, doch sie rutschte nach vorn und schaukelte hin und her. »Eve, jetzt sag schon!«

Schlaff sank ich auf den Stuhl, beugte mich über den Tisch und vergrub das Gesicht in den Armen. Meine Stimme war in der grauen Asche erstickt. Ich konnte nicht sprechen.

»Hallo, das gilt auch für euch da hinten!« Herr Zorn winkte uns heran. »Wir wollen heute zur Abwechslung mal was schaffen.«

»Äh, Entschuldigung«, sagte Henny. »Was, bitte?«

»Ihr sollt eure Sachen holen«, wiederholte er. »Und zu uns an den Mitteltisch kommen.«

In der folgenden Viertelstunde, in der uns Herr Zorn das Einspannen des Holzes und den richtigen Umgang mit den Messern zeigte, warf Henny mir ständig fragende Blicke zu. Auch Marlene und Natalie sahen zu mir rüber. Was hätte ich jetzt darum gegeben, nicht hier sein zu müssen! Nachdem Herr Zorn fertig war und wir mit dem Schnitzen begannen, passierte es. Eine Sekunde passte ich nicht auf, schnitt mit dem Messer nicht von mir weg, sondern rutschte in einer verqueren Bewegung über meine linke Hand. Weil es so sauscharf war, spürte ich gar keinen Schmerz, nur ein seltsames Kribbeln im Zeigefinger.

Ungläubig sah ich auf das Blut, das aus der Wunde sprudelte und schnell eine leuchtende Pfütze auf dem Holzboden bildete. Ein Tropfen pitschte genau in die Fuge zwischen zwei Dielen und verteilte sich kurz, aber linear nach rechts und links, bevor es versickerte. Die Farbe sieht ja echt super aus, dachte ich noch, als plötzlich jemand schrie. Ich taumelte, mein Herz klopfte schneller und härter, ich begann zu schwitzen. »Kann mal einer das Fenster aufmachen«, wollte ich sagen, »es ist so warm hier«, doch es kam nur ein Lallen heraus. Das merkte ich sogar noch.

Dann lag ich auf etwas Hartem, jemand fummelte an meiner Hand herum, und viele Stimmen vermischten sich zu einem zähen grauen Teig aus panischen Geräuschen, die ich mit meinen Gedanken ruhigkneten wollte. Davon wurde mir schlecht.

»Du hättest mir glauben sollen«, sagte mein Magen und bäumte sich auf. »Ich habe dir gesagt, es ist vorbei.«

Als ich wieder zu mir kam, lag ich auf dem Tisch und hatte einen kalten nassen Lappen auf der Stirn. Es war still. Herr Zorn, Frau Miedlich, die Schulärztin, und Henny standen neben mir. Sonst war niemand da. Ich versuchte mich aufzurichten, doch Frau Miedlich ließ mich liegenbleiben. »Der Notarzt ist schon unterwegs, Evelyn«, sagte sie. »Und deine Mutter auch, du musst ins Krankenhaus.«

»Aber warum?«, fragte ich verwirrt und sah zwischen den dreien hin und her. »Was ist eigentlich passiert?«

»Du hast dich geschnitten.« Henny drehte den Lappen auf meiner Stirn um, so dass es wieder kalt wurde. »Schlimm.«

Da wusste ich es wieder. Das Messer. Ich hatte es nicht so benutzt, wie Herr Zorn gesagt hatte. Es hatte mir alles zu lange gedauert, ich wollte schnell fertig werden und gehen. Deshalb hatte ich das Holz gar nicht erst in den Schraubstock gespannt, sondern einfach drauflosgeschnitzt, ohne nachzudenken. Ich betrachtete meine linke Hand, die von Herrn Zorn aufrecht gehalten wurde und in einen dicken Verband gewickelt war. Er schien nicht nur besorgt, sondern zutiefst erschrocken, dabei konnte er gar nichts dafür.

Der Sekundenzeiger der Uhr, die über der Tür hing, drehte leise klackend seine Runden. Keiner sagte etwas. Auch ich nicht. Mich wunderte, dass ich immer noch keine Schmerzen hatte. Mein Finger fühlte sich nur taub an.

Dann hörten wir die Sirene, zuerst noch aus der Ferne, dann immer näher, lauter und lauter, und mein Herz fing wieder an zu flattern, heftiger als zuvor, weil ich wusste, dass er meinetwegen kam. Ich hatte noch nie in einem Rettungswagen gelegen. Kurz darauf vernahmen wir eilige Schritte und Stimmen im Flur, und ich zitterte vor Aufregung und Angst.

Im nächsten Augenblick flog die Tür auf, gefolgt von der Sekretärin hasteten zwei Sanitäter mit einer Bahre und meine Mutter auf mich zu. An ihrem bleichen, angstvollen Gesicht konnte ich ablesen, dass sie versuchte, die Situation so schnell wie möglich zu erfassen. Ich auf dem Tisch, zwei Lehrer und Henny um mich herum, Hand und Finger noch dran.

»Wie fühlst du dich?« Meine Mutter war zuerst bei mir, beugte sich über mich und strich mir über die Wange. Es war merkwürdig, ich hatte die ganze Zeit nicht geweint, sogar als Matteo mir gesagt hatte, dass er nicht mehr mit mir zusammen sein wollte, hatte ich die Kurve noch gekriegt, doch wenn Kinder in kritischen Momenten ihre Mutter sehen, auch wenn sie schon fünfzehn sind, legt sich automatisch ein Schalter um, und sie weinen. Jedenfalls bei mir.

»Mama«, sagte ich mühsam gepresst und merkte sofort, dass die Tränen mit einer Wucht herausdrängten, dass ich gar nicht erst den Versuch machte, sie daran zu hindern.

Herr Zorn, Frau Miedlich und Henny traten zurück, und meine Mutter zog mich sanft und wunderbar fest in ihre Arme. Die Sanitäter sahen wohl, dass die Lage nicht lebensgefährlich war, und warteten kurz. Ich schämte mich ein bisschen, nicht so sehr wegen des Weinens, sondern eher, weil meine Wimperntusche ihre helle Jacke vollschmierte. Doch meine Mutter beachtete das gar nicht. »Hast du große Schmerzen?«

»Nein«, schniefte ich. »Irgendwie nicht.«

»Wir gucken mal, ja?«, sagte einer der Männer, der an meine Seite getreten war. Vorsichtig wickelte er den provisorischen Verband ab. An den Gesichtern der Umstehenden konnte ich sehen, dass es nicht gut aussah. Ich drehte den Kopf weg.

»Da muss ein Profi ran«, nickte der Sanitäter, schlang die Bandage wieder um meine Hand und wandte sich an meine Mutter. »Wir bringen sie zur Handchirurgie in die Münzstraße, da ist Ihre Tochter besser aufgehoben als im Krankenhaus. Das sind Spezialisten, die kriegen das wieder hin.« Er lächelte mir aufmunternd zu. »Das wird schon, mach dir keine Sorgen.« Ich wusste gar nicht, ob ich mir Sorgen machte, ich war viel zu durcheinander, um mir Sorgen zu machen.

»In Ordnung.« Meine Mutter nahm ihre Tasche vom Stuhl.

»Clemens, ruf bei Doktor Hunte an«, sagte der Sanitäter zu seinem Begleiter. »Die sollen sich bereitmachen, wir sind in fünf Minuten da.«

»Alles klar«, sagte der andere und verschwand auf dem Flur. Während er telefonierte, hob mich der erste Sanitäter vom Tisch, als würde ich nichts wiegen, und legte mich auf die Bahre.

»Ich kann laufen«, sagte ich und versuchte mich aufzurichten.

»Schön liegenbleiben«, antwortete er. »Sonst klappst du noch zusammen.« Meine Mutter nickte, und der andere Sanitäter kam wieder herein. »Kann losgehen«, sagte er, und ich dachte, wie angenehm es war, wenn in so einer Situation nicht viele Worte gemacht wurden. Henny stand wie ein Häufchen Elend neben mir.

»Ich komme mit raus.«

»Ja«, lächelte ich mühsam.

»Alles Gute!«, sagte Frau Miedlich, als die beiden Männer die Bahre anhoben und mich hinaustrugen. »Und rufen Sie uns nachher an, Frau Morgenstern?«

»Natürlich«, sagte meine Mutter. »Danke!«

Es war ein ätzendes Gefühl, durch die halbe Schule getragen und von allen Seiten angestarrt zu werden. Sämtliche Schüler hatten sich auf den Gängen versammelt, um nichts von der Sensation zu verpassen. Sie tuschelten, grinsten und zeigten mit dem Finger auf mich. Natürlich hatten alle den Rettungswagen gesehen und gehört, der noch immer mit blinkendem Signalhorn dastand. Am liebsten wäre ich aufgestanden und allein gelaufen, ich hätte das locker geschafft.

Auf dem Schulhof stand Hakan mit seinen Freunden, und ich schloss sofort die Augen, weil ein Spruch von ihm das Letzte war, was ich jetzt vertragen konnte. Ich wollte weder etwas von ihm hören, noch an Cengiz denken. Doch es kam nichts. Trotzdem machte ich die

Augen erst wieder auf, als die Tür des Rettungswagens geöffnet und ich hineingeschoben wurde. Henny blieb draußen stehen, zwirbelte hektisch an ihrer Muschelhaarsträhne und wischte mit der anderen Hand unter ihrem Auge entlang. »Ruf an, wenn du kannst, okay?«

»Das macht sie«, hörte ich meine Mutter antworten, die auch draußen stand. »Eve«, rief sie in den Wagen. »Ich fahre hinter euch her, ja? Bis gleich!«

Der erste Sanitäter sprach kurz mit ihr und schloss dann die Wagentür. Der andere ließ die Bahre einrasten. Zum ersten Mal mit Tatütata ins Krankenhaus. Nie hätte ich gedacht, dass mir dieser Kindheitswunsch mal erfüllt wird. Als kleines Mädchen waren mir natürlich weder die Gründe noch die Folgen dieses Transportes klar, ich fand es einfach cool, dass es einen Höllenkrach machte und die anderen Verkehrsteilnehmer ausweichen mussten. Jetzt hätte ich alles darum gegeben, bei meiner Mutter im Auto sitzen zu dürfen, statt in diesem nach Medikamenten und Desinfektionsmitteln riechenden Gefährt zu liegen und von einem fremden Mann bewacht zu werden. Mit dem Motor sprang auch die Sirene wieder an, und der Wagen fuhr los. Nachdem er die enge Straße vor unserer Schule passiert hatte, drückte der Fahrer richtig auf die Tube und raste die Weinmeister runter. Zum Glück war die Münzstraße so nah, dass es keine zwei Minuten dauerte, gleich hatte ich es geschafft. Und dann ging es wirklich schnell. Die Sirene verstummte, die Tür öffnete sich, und ich durfte mich ganz vorsichtig aufrichten. Ein paar Passanten sahen neugierig zu uns rüber. Meine Mutter musste im gleichen Tempo hinterhergebraust sein, denn sie war ebenfalls schon da. Weil die Bahre nicht in den Fahrstuhl passte, stützten mich beide Sanitäter, bis wir vier in der Praxis waren. Erst noch ziemlich wackelig, wurde ich mit jedem Schritt sicherer. Und wenn mich der fette Verband nicht ständig daran erinnert hätte, dass sich darunter eine Baustelle verbarg, hätte ich gesagt, dass für mich das Schlimmste an diesem Tag Matteo gewesen war.

Das Glück

Wir wurden sofort in den Operationsraum geführt, ich legte mich auf eine Liege mit angehobenem Kopfteil, und die Sanitäter verabschiedeten sich, indem sie mir gute Besserung wünschten. Hier wurde mir erst richtig mulmig, mit dem ganzen Operationsbesteck neben mir auf dem Tisch, von dem ich genau wusste, dass es für mich zurechtgelegt worden war. Spritzen, Schere, Pinzetten, Nadeln, Fäden, Wattetupfer und ein Teil, das wie eine Mischung aus einer Klammer und einer Zange aussah, Hilfe!

Die Sprechstundenhilfe, die bereits auf uns gewartet hatte, brach den oberen Teil einer Glasampulle ab und träufelte mir *Scheiß-Egal-Tropfen* auf die Zunge. Sie nannte die wirklich so. Doktor Hunte kam herein; er war ein netter älterer Arzt, begrüßte meine Mutter und mich und öffnete den Verband. Jetzt sah ich den Schnitt zum ersten Mal. Er verlief V-förmig über das Mittelgelenk des linken Zeigefingers und sah eigentlich recht harmlos aus.

Als der Arzt sagte: »Na, dann wollen wir uns deine Schnitzarbeit mal genauer ansehen«, begann es weh zu tun.

Das war jedoch nichts gegen die zwei Spritzen, die er dann vor und hinter den Finger in die Hand setzte. Er hatte mir zuvor eine Art Knebel in den Mund gesteckt und gesagt: »So, jetzt mal kurz hier draufbeißen, das tut weh.« Schon beim ersten Stich blieb mir die Luft weg, mein Herz knallte gegen meine Rippen, und ich dachte, gleich springe ich unter die Decke oder trete den netten Doktor irgendwohin. Ich hatte das Gefühl, dass die Nadel auf der anderen Seite wieder rauskam, einmal komplett durch, solche Schmerzen waren das. Meine aufgerissenen Augen spiegelten sich im Gesicht meiner Mutter, Tränen liefen ihr übers kalkweiße Gesicht, sie zitterte genauso wie ich und quetschte meine heile Hand so sehr, dass auch diese weh tat. Nachdem ich das überstanden hatte, war mir wirklich alles scheißegal. Sogar Matteo.

Ich schloss die Augen und sackte in einen leichten Dämmerzustand, der vom Gespräch meiner Mutter mit dem Arzt begleitet wurde. Während er meinen Finger wieder zusammenflickte, erklärte er ihr, was geschehen war. Ich hatte ganze Arbeit geleistet und nicht nur die Sehne, sondern auch gleich noch den Nerv durchgeschnitten und dabei Glück im Unglück gehabt.

Höchstwahrscheinlich würde ich zwar eine anständige Narbe, aber keinen steifen, tauben Zeigefinger zurückbehalten. Das bekam ich trotz meiner Dösigkeit noch mit.

»So, Miss Morgenstern«, schmunzelte der Arzt, als er den letzten Faden verknotete. »Jetzt erkennen dich deine Eltern immer wieder, falls du mal verlorengehst!«

Mein Vater würde mich auch mit zehn solcher Narben nicht erkennen, dachte ich. Das sagte ich natürlich nicht, guckte nur streng zu meiner Mutter rüber, die mich ignorierte und sehr interessiert daran schien, wie der Arzt einen neuen Verband anlegte.

»Danke Ihnen«, lächelte sie und gab ihm die Hand. »Vielen Dank für Ihre schnelle Hilfe!«

»Keine Ursache«, sagte er. »Macht mir immer noch Spaß.«

»Spaß?«, fragte meine Mutter erstaunt.

»Ja, sicher!« Er zwinkerte mir zu. »Gerade diese kniffligen Fälle, die dann doch noch gut ausgehen, finde ich am besten!«

Er klopfte mir auf die Schulter. »Gute Besserung, Mädchen! Und schnitz nächstes Mal lieber am Holz rum, ja? Das hält mehr aus.«

»Okay«, grinste ich und stellte fest, dass sich ein bisschen Stolz in die ganze Sache mischte. Auch wenn es nicht schön war und verdammt weh tat, war es schon irgendwie was Besonderes. Vielleicht gerade, weil es gefährlich und knapp gewesen war. Blutig, gruselig und extrem aufsehenerregend.

Die Fingerspitze fühlte sich immer noch taub an, doch der Arzt hatte gesagt, dass sich das wieder normalisieren würde. Ins Krankenhaus brauchte ich natürlich nicht mehr, obwohl ich langsam gehen musste, am Arm meiner Mutter, um den Kreislauf nicht zu sehr zu belasten.

Als wir zum Auto kamen, löste meine Mutter seufzend das Ticket von der Windschutzscheibe; sie hatte in der Eile im Halteverbot geparkt und einen Notfall-Zettel aufs Armaturenbrett gelegt. Das war wahrscheinlich der Grund, warum der Wagen nicht abgeschleppt worden war. Glück gehabt! Sie nahm ein Paket vom Beifahrersitz und legte es auf die Rückbank.

»Was ist das?«

»Ein Lichtwecker«, sagte meine Mutter. »Ich will mich mal sanfter wecken lassen, dieses Geschrille macht mich verrückt, wenn ich im Tiefschlaf bin. Hier kann ich sogar einen Vogelgezwitscherton einstellen.«

Ich wusste, was sie meinte. Wenn ich den Wecker in meinem Handy stellte, fuhr ich auch jedesmal erschrocken hoch, obwohl ich es auf der leisesten Stufe hatte.

Der Mittagsstau, die vielen Baustellen und der weite

Weg nach Lichterfelde, wo wir seit einem halben Jahr wohnten, walzte die Rückfahrt zu einer Ewigkeit aus. Mit der S-Bahn oder dem Zug ging es viel schneller. Während wir meterweise nach Hause rollten, folgte ich jedem Dunkelhaarigen aus dem Autofenster. Ich erzählte jedem Einzelnen, was geschehen war, weil ich es so gern Matteo erzählen wollte. Er nahm mich in den Arm, küsste mich, tröstete mich, lächelte. Matteo.

Für einen Moment überlegte ich, ihn einfach anzurufen und es ihm wirklich zu erzählen, so, als wäre nichts gewesen. Die Trennung einfach zu übergehen, schon allein deshalb, weil es ja nicht meine Trennung war, sondern seine.

Ich sei zu anhänglich, hatte er gesagt, ich hätte ihn zu sehr eingeengt, zu sehr geklammert und so. Was mich daran am meisten ankotzte, war, dass er recht hatte. Ich wusste das selber, ich konnte es bloß nicht ändern. Jedes Mal, wenn er zurückwich und mal etwas allein unternahm oder auch nur zu Hause war, musste ich mich bei ihm melden. Klar, dass ich ihm damit auf die Nerven ging. Meine Mutter sah mich an, und ich hatte das Gefühl, sie wüsste, woran ich dachte. War natürlich Quatsch.

»Na, Schnecke«, sagte sie. »Tut's weh?«

Tatsächlich ließ die Betäubung langsam nach, und mein Finger begann unangenehm zu pochen.

»Geht so«, sagte ich. »Ein wenig schon.«

»Wie ist das eigentlich passiert?«

»Ich hatte keinen Bock auf Werken«, sagte ich. »Und dann hat das alles auch noch so lange gedauert. Da habe ich's eben beschleunigt.«

»Aber doch nicht mit so einem scharfen Ding!« Meine Mutter schüttelte sich. »Mensch, Eve!«

»Ich hab nur eine Sekunde nicht aufgepasst. Kann doch passieren.«

Sie sagte nichts mehr. Eine Stunde später parkten wir am Jenbacher Weg, meine Mutter hängte meine Tasche über ihre eigene und schloss das Gartentor auf. Auch nach fast sechs Monaten wunderte ich mich noch, dass ich ihr tatsächlich in die Pampa gefolgt war. Trotz des Laptops und des neuen Handys, womit sie mich eiskalt geködert hatte. Jahre hatte das gedauert, und ich war nur schwach geworden, weil Henny und einige andere seit dem Urknall ein iPhone hatten und ich auf dem Steinzeithandy meiner Mutter ohne Internet und alles regelmäßig die Motten kriegte.

Aber es nützte nichts, das Gefühl gekauft und betrogen worden zu sein, hielt sich hartnäckig. Schon allein deshalb, weil ich jeden Tag zweimal an den Hackeschen Höfen vorbeimusste. Einmal auf dem Weg zur Schule und einmal auf dem Weg nach Hause. Da hatten wir gewohnt. Ja, genau in *den Hackeschen Höfen*!

Hof IV, der mit dem Brunnen und dem schiefen Baum in der Mitte, linkes Haus, erster Stock mit Balkon. Zwei Minuten Fußweg von meiner Schule entfernt und maximal fünfzehn von meinen Freundinnen. Henny war diejenige, die am weitesten weg wohnte. Zu Clara und Marlene konnte ich auch zu Fuß gehen.

Ein Grund für den Umzug war, dass die Zeitung, bei der meine Mutter arbeitete, innerhalb kurzer Zeit einige wichtige Werbekunden verloren und ihre Stelle gekürzt hatte. Ihr Gehalt natürlich auch, und weil die Wohnung einen Haufen Geld kostete und wir sie ursprünglich nur als schicke Zwischenlösung gemietet hatten, bis sich was Günstigeres fand, war das Ende meines Traumzimmers sowieso absehbar gewesen. Fast drei Jahre hatte ich es dann doch gehabt, denn meine Mutter redete zwar ständig von einer neuen Wohnung, suchte aber nicht. Ich denke, sie fand es auch einfach sehr cool, da zu wohnen, wo täglich Tausende Touristen durchschlenderten, und irgendwie bekam sie es hin, auch wenn wir uns in den drei Jahren nur einen Kurzurlaub an die Ostsee leisten konnten.

Der andere Grund war die ausgeprägte Landliebe meiner Mutter, die ihr leider erst bewusst wurde, als ich es mir in Mitte schon so richtig gemütlich gemacht hatte.

Vielleicht wäre ich gar nicht so sehr gegen das Umziehen gewesen, wenn sie nicht immer mit ihren Kühen und Pferden angekommen wäre. Sie wollte Felder, Wiesen und Rinder, Vogeltirili und so. Ich nicht. Ich wollte Mitte oder Prenzlauer Berg, schon weil Matteo da wohnte, aber das wollte meine Mutter wegen der vielen Spießer nicht. Mir war da noch nie einer begegnet, und ehrlich gesagt, wusste ich gar nicht, was sie meinte. Egal, Prenzlberg schied leider genauso aus wie Mitte.

Aber hier war nach dreißig Metern Schluss mit Berlin. Wirklich! Da, wo die Mauer mal gestanden hatte, also direkt hinterm Mauerweg, ging Brandenburg los. Und keine hundert Meter weiter standen die Galloways. Zottelfellige braune Kühe, die Gras rupfend über die Wiese pflügten oder zwischen ihren überlangen Ponyfrisuren hervorlugten, während sich ihr Kiefer ständig auf und ab bewegte. Manchmal hoben sie auch nur den pinseligen Schwanz und flatschten was ins Grüne.

Na ja, zumindest musste ich nicht auch noch die Schule wechseln, das Schulgeld übernahmen nämlich meine Großeltern, sonst wäre ich komplett durchgedreht. Und die Fahrzeit hätte ich auch auf mich genommen, wenn ich die doppelte Strecke hätte fahren müssen. Selbst die dreifache. Einen Vorteil hatte die Sache allerdings doch. Während ich morgens aus der Lichterfelder Todeszone in mein richtiges Leben fuhr, konnte ich Hausaufgaben machen. Wenn ich fertig war und aufschaute, waren plötzlich andere Menschen um mich herum, jüngere, lautere und buntere. Und spätestens wenn die S-Bahn-Musikanten zustiegen und uns mit Ziehharmonika, Gitarre oder einem Ghettoblaster und Gesang unterhielten, war ich wieder in meinem Berlin. Krassere Gegensätze gab es sicher in keiner anderen Stadt. Hier Gartenzwerge im Vorgarten, da Cro im Café, hier Geranien in Plastiktöpfen, da Filmteams in Action, hier wachsame Nachbarn, die niemals zwischen eins und drei Rasen mähten, da südamerikanische Straßenkünstler, die um diese Tageszeit zum ersten Mal die Augen aufmachten. Das Einzige, was die Stadtteile gemeinsam hatten, waren die Hundehaufen.

»Willst du morgen eigentlich in die Schule?« Umständlich hantierte meine Mutter am Briefkasten, weil die Tageszeitung im Schlitz festklemmte und ihr zig Umschläge entgegenkamen.

»Ich glaube schon«, sagte ich. »Schreiben kann ich ja.«

Sie stellte meine Tasche in den Flur. »Ich fahre noch schnell einkaufen. Hast du einen besonderen Wunsch, zur Feier des Tages?«

»Chips«, grinste ich. »Aber extrascharf bitte!«

Ebenso grinsend zog sie die Tür hinter sich zu. Ich fummelte meine Chucks von den Füßen, was mit einer

Hand gar nicht so leicht war, und holte mein Handy heraus. Natürlich nichts von Matteo. Auf Socken lief ich die schmale Holztreppe in mein Zimmer rauf und warf mich in meine Sitzschaukel, die von einem Stahlträger hing. Die obere Etage gehörte mir allein, was auch eine meiner Bedingungen gewesen war, denn neben dem Wohnzimmer war es der schönste Raum, wenn man bei Neubauten überhaupt von schön sprechen kann. Kein Vergleich mit meinem herrlichen Riesenzimmer von 1906. Knarzige Holzfenster mit Messinggriffen und schnörkelige Stuckblumen an der Decke. Ein alter Holzboden, dessen einziger Nachteil darin bestand, dass man ein bisschen aufpassen musste, wenn man barfuß darüber lief, wegen der kleinen Späne, die an manchen Stellen rausguckten. Ich seufzte. Es nützte nichts. Es war vorbei. Das eine wie das andere.

Dafür hatte ich jetzt ein eigenes Bad. Winzig zwar und mit Schräge, aber immerhin meins. Ich stieß mich mit dem Fuß vom Boden ab und sah schaukelnd aus dem Dachfenster. Ein weißer Kondensstreifen zog über den blauen Himmel, ohne dass man das Flugzeug sehen konnte. Ich wünschte, darin zu sitzen und irgendwohin zu fliegen. Und zu vergessen, dass Matteo mich nicht haben wollte.

»Hey, du Ärmste!« Henny lachte erleichtert, als ich sie anrief. »Alles klar?«

»Ja«, sagte ich. »Na ja, fast.«

»Mann, hast du mir einen Schrecken eingejagt! Ich dachte echt, dein Finger ist ab.«

»Ach, nee! So schlimm war es gar nicht.«

»Sah aber so aus!«

Henny sog zischend die Luft ein, als ich ihr von den Spritzen und der OP erzählte, und ich genoss es, sie damit zu gruseln. Ich konnte förmlich sehen, wie sie sich bei dem Bild des offenen Fingers schüttelte, wegen der Sehnen und Nerven, des Operationsbestecks und der Fäden, die nächste Woche gezogen werden würden.

»Bitte, Eve, hör auf!«, jammerte sie. »Das macht mich fertig.«

»Okay«, lachte ich. »Dann sag mir, was Hausaufgabe ist.«

»Gab keine nach Werken. Die waren alle so geschockt, dass sie kaum Unterricht gemacht haben.«

»Na, super! Dann habt ihr ja auch was davon gehabt.«

Doch Henny war nicht nach Witzeleien zumute, das merkte ich ihr an. Das Ganze hatte sie deutlich mitgenommen.

»Das ist bestimmt passiert, weil du vorher so schlecht drauf warst«, sagte sie.

Daran hatte ich noch gar nicht gedacht. Aber nur wegen Matteo geschnitten? Und dann gleich so fies? Das konnte ich mir nicht vorstellen.

»Nee, ich habe nur nicht das gemacht, was Zorn gesagt hat.«

»Machen wir doch alle nicht«, entgegnete Henny. »Aber nur du hast dich geschnitten. Was für Tiere hast du in den letzten Tagen gesehen?«

»Och, nee, Henny«, maulte ich. »Lass mich mit deinen Krafttieren in Ruhe, ich glaub da nicht dran!«

»Sag doch mal!«

»Uaach, du bist die Pest, Henrike Hermann!«

Sie lachte. »Na und? Sag!«

»Was willst du von mir? Kühe, ich hab Kühe gesehen, mindestens zwanzig, auf der Weide vor unserem Haus, zufrieden?«

»Sehr gut! Krafttier Kuh …«

»Henny!«, stöhnte ich ungeduldig. »Ey, das ist nicht …«

»Jetzt warte mal und hör einfach zu, okay?«

Genervt atmete ich aus. »Okay, aber mach's kurz.«

»Ja, ja! Also, die Kuh ist dein aktuelles Krafttier, das dir Glück und Gesundheit bringt.«

»Ach, deshalb hab ich mich geschnitten«, rief ich. »Weil mir das Rindvieh so viel Glück und Gesundheit gebracht hat! Mann, das ist echt groß!«

»He, ich bin noch nicht fertig, ja?!«

»Pff!«

»Also, die Kuh will dir zeigen, dass du mehr auf dich

achten sollst. Bleib dir treu und verurteile dich nicht für deine Fehler.«

»Mach ich gar nicht«, murmelte ich und dachte an den Hass, den ich auf mich empfand, weil ich mich Matteo so aufgedrängt hatte. »... außerdem hab ich gar keine ...«

»Du musst dich selbst liebhaben und respektieren, dann kriegst du ein Leben voller Fülle! So, das war's!«

»Muuuhhh!«, machte ich. »Ich habe gesprochen!«

»Du bist so bescheuert, Morgenstern!«

»Ich weiß, ich bin so bescheuert, dass Matteo mich direkt verlassen hat!«

Stille am anderen Ende.

Dann: »Äh, bitte?«

»Ja, er hat Schluss gemacht.«

»Shit«, kam es jetzt sehr kleinlaut von Henny. »Na, das erklärt natürlich einiges! Tut mir leid.«

»Hast du ja nichts mit zu tun. Außer, dass deine Kuh ihren Job nicht gemacht hat.«

»Ich dachte echt, es ist harmlos.«

»Tja«, sagte ich. »Falsch gedacht.«

»Und nun?«

»Weiß nicht, ist eben vorbei.«

»Mist«, wiederholte Henny. »Richtig doof. Fällt mir auch nichts zu ein. Außer das böse Wort mit A.«

»Das hab ich ihm schon gesagt.«

»Und was hat er gesagt?«

»Nichts, glaube ich.«

»Hmm«, machte Henny. Was sollte sie auch sagen? Ich war eine Klette. Fertig, aus. Mich liebhaben und die eigenen Fehler verzeihen, wie sollte das gehen? Mit diesem seltsamen Verhalten als klebriges Anhängsel, das in mir steckte, das weder abheilte noch verschwand, sondern wie stinkender Schweiß aus meinen Poren drängte. Ja, damit konnte ich mich nur mies fühlen, da halfen auch keine zwanzig Kraftkühe.

Jedes Mal hatte ich mir aufs Neue vorgenommen, ihn in Ruhe zu lassen, wenn er sagte, dass er keine Zeit habe. Es klappte nie; kaum war ich zu Hause, begann der Stress. Ich lief im Zimmer auf und ab, schlug mein Heft auf, in der sinnlosen Hoffnung, Hausaufgaben zu machen, schlug es wieder zu und wusste nicht, wo ich mit mir hin sollte. Und Engel und Teufel stritten sich von der rechten zur linken Schulter. Nein, du rufst ihn nicht an! Doch, ich will aber! Nein, du rufst ihn garantiert nicht an! Doch! Nein! Doch! Mein Herz hämmerte über meine Vorsätze hinweg, machte jedes Hindernis platt, das sich ihm entgegenstellte. Nicht mal der Gedanke, dass Matteo irgendwann vielleicht genug von mir haben und mich verlassen könnte, schaffte es, mich davon abzubringen. Ich war immun gegen solche selbstverfassten Drohungen. Und stur. Und blind.

Natürlich hatte ich manchmal gemerkt, dass er nicht begeistert war, wenn ich anrief. Er schien dann mit anderen Dingen beschäftigt zu sein, im Hintergrund hörte ich seine Tastatur klickern, auf manche Fragen antwortete er erst nach dem dritten Mal, oder Matteos Mutter ging an sein Handy, um mir zu sagen, dass er Fußballspielen war. Niemand, den ich kannte, ließ seine Eltern ans Handy. Wirklich niemand.

Und eigentlich hätte ich wissen müssen, dass es so kommen würde. War ich tatsächlich überrascht?

Nein. Mir war klar, dass ich so nicht in Ordnung war und dass ich so nicht sein wollte. Ich musste mich ändern, am besten sofort, damit mich zumindest irgendwann mal wieder jemand mögen könnte. Also Matteo.

»Jetzt bräuchtest du deinen Vater«, sagte Henny unvermittelt. »Das wär jetzt gut.«

Meine Freundin hatte ich über die Grübelei am anderen Ende der Leitung fast vergessen.

»Wieso?«, fragte ich und überlegte, wie ich sein müsste oder was ich tun müsste, um für Matteo wieder interessant zu sein. Doch mir fiel nichts ein, und ich schluckte die Tränen runter, weil es mich so maßlos kränkte, dass ich ständig in seiner Nähe, er aber nicht in meiner sein wollte. Da hätte ein Vater auch nichts tun können, selbst wenn ich einen zur Hand gehabt hätte. Hatte ich aber nicht. Ich kannte meinen ja nicht mal.

»Was sollte der mir denn schon bringen?«, fragte ich schnippisch. »Schlaue Sprüche?«

»Du mit deinem Vaterkomplex!«, entgegnete Henny. »Solltest dir mal einen anschaffen, lohnt sich manchmal.«

»Sehr witzig«, ätzte ich. »Dafür wäre ja wohl meine Mutter zuständig.« Doch auch diese Richtung war eine Einbahnstraße mit Sackgasse. »Ach, egal, Henny! Ich krieg nur noch schlechtere Laune, lass uns aufhören.«

»Entschuldige«, bat sie. »Ich weiß nicht …«

»Ich auch nicht«, unterbrach ich. »Aber meine Hand tut weh, ich bin müde, ich will nicht mehr reden, und ich will auch nichts mehr von Kühen, Jungs oder Vätern hören, verstehst du?«

»Ja, klar«, sagte Henny. »Kommst du morgen?«

»Ich denke schon«, sagte ich. »Auch wenn ich nicht versprechen kann, dass dieser A eine Begegnung mit mir überlebt.«

Die Bekanntschaft

Es war wie ein alter Schwarzweißfilm mit bräunlichem Überzug. Matteo stand auf der einen Seite der Schlucht, ich auf der anderen. Zwischen uns dunstige Tiefe und eine Brücke aus Seilen und dünnen Hölzern, von denen einige bereits weggebrochen waren, so dass man sie nicht mehr gefahrlos betreten konnte. Er setzte sich im Schneidersitz auf den Felsen vor der Brücke und schloss die Augen. Ich wollte zu ihm laufen, hatte jedoch Angst, dass die Bretter mich nicht halten würden und ich abstürzte. Vorsichtig versuchte ich einen Fuß auf das wackelnde Ding zu setzen, doch es bröselte sofort unter mir weg. Das nächste Holzstück tippte ich nur an, und auch das zerfiel. Die Seile lösten sich in Fransen auf. Alles geschah in völliger Stille. Ich sah an mir herunter, auf kleine, runde Kinderschuhe. Ich war vier oder fünf, hatte aber Gedanken von heute.

»Sieh mal, meine Hand«, wollte ich Matteo zurufen, aber als ich sie anhob, war sie heil wie immer. Hatte keine Wunde, keinen Verband.

Ich blinzelte gegen den Nebel an, um klarer sehen zu können. Auf der anderen Seite der Schlucht saß an Matteos Stelle mein Vater. Obwohl ich ihn nur schemenhaft erkennen konnte, wusste ich, dass er es war, dass er dunkle Haare hatte und seine Augen geschlossen hielt, als würde er meditieren. Am Abgrund. Der Abstand zwischen uns wurde größer, die Tiefe dehnte sich aus. Ich versuchte ihn zu rufen, damit er auf mich aufmerksam würde, bevor er verschwand, doch kein Ton drang aus meinem Mund. Es fühlte sich an, als hätte mir jemand eine Schlinge um den Hals gelegt und zugezogen. Ich bekam gerade noch so eben Luft, aber sagen konnte ich nichts. Und doch musste ich einen Laut von mir gegeben haben, denn ich wachte davon auf.

Matteo und mein Vater an einem Platz? Was hatte das zu bedeuten? Von Matteo hatte ich schon öfter geträumt, von meinem Vater nicht einmal. Er blieb immer unsichtbar und immer spürbar. Wie ein Duft, der einen streift und verschwunden ist, wenn man ihm nachschnuppert. Wie ein Gedanke, den man nicht zu fassen kriegt, weil er in letzter Sekunde wegflutscht. Zu dem man aber trotzdem immer wieder zurückkehrt, um es noch mal zu versuchen, weil man die Hoffnung einfach nicht aufgeben kann.

Da, wo bei den meisten Menschen ein Bild ist, wenn

sie an ihren Vater denken, war bei mir nur ein leerer Rahmen. Ich besaß kein einziges Foto von ihm, ich wusste nicht, wie er aussah oder wie er war. Das Einzige, was mir meine Mutter irgendwann verraten hatte, war, dass er Cengiz hieß und Türke war. Dschengis wird das ausgesprochen. Sonst wusste ich nichts.

Den Rahmen gab es tatsächlich. Er stand auf meinem Schreibtisch, von verrosteten und abgeschabten Metallblümchen umrandet, ohne Glas und Rückwand, so dass ich durch ihn hindurchsehen konnte. Ich hatte ihn auf einem Flohmarkt entdeckt und von meinem Taschengeld gekauft, weil ich dachte, dass ich dort sein Foto reinkleben würde, wenn ich mal eins hätte. Doch selbst meine Mutter schien keins zu haben oder wollte es mir nicht geben, keine Ahnung, jedenfalls blieb es all die Jahre nur ein leerer Rahmen. Für meinen unsichtbaren Vater. Immer wenn ich an ihn dachte, dachte ich an den Rahmen, als würde er sich da irgendwo verbergen. Als wäre es ein Zauberrahmen, der ihn versteckte und offenbaren würde, wenn ich nur die richtige Formel fand.

Meine Mutter wollte erst nicht, dass ich ihn kaufte, weil er dreckig war und hässlich und oll, wie sie sagte. Weil es doch viel schönere Rahmen gab, neue, die auch alt aussahen. Aber die wollte ich nicht. Ich wollte diesen. Als der Verkäufer merkte, dass ich mich dafür interessierte, nahm er ihn in die Hand und pries die filigranen, ehemals weißen Aprikosenblüten, die um den Rand verliefen. Er sagte, dass er das Stück einem alten türkischen Antiquitätenhändler abgekauft habe und dass es eine absolute Rarität sei. Meine Mutter glaubte kein Wort davon. Vielleicht hätte sie es verstanden, wenn ich ihr erklärt hätte, dass ausschließlich dieser Rahmen für das Bild meines Vaters infrage kam, dass er, wenn überhaupt, nur in diesem Rahmen erscheinen würde, aber es kam mir albern vor und deshalb ließ ich es sein. Ich bestand einfach nur darauf, ihn zu kaufen. Sie hatte ihn dann tagelang in Reiniger getunkt und danach mit einer alten Zahnbürste, Scheuermilch und Desinfektionsmittel saubergemacht, um die widerliche Peeke abzukriegen. Meine Mutter hatte einige solcher Ausdrücke, wenn sie sich ekelte.

Der Wecker zeigte sechs Uhr. Er hatte noch nicht geklingelt, weil ich erst um halb sieben aufstehen musste.

Mein Finger pochte unter dem Verband. Taub war er immer noch, und bewegen konnte ich ihn auch nicht. Keinen Millimeter. Ob der Arzt es wirklich geschafft hatte, die Nerven und Sehnen wieder richtig zusammenzufügen? Jeden einzelnen? Vielleicht hatte er ja den einen, ganz entscheidenden vergessen?

Ich erschrak, weil ich meine Mutter durch den Türspalt gucken sah. Sie hatte sie so leise geöffnet, dass ich es nicht gehört hatte. »Ach, du bist schon wach«, flüsterte sie. »Ich dachte, ich wecke dich heute früher, du brauchst ja bestimmt länger, um dich fertig zu machen.«

Mein Blick schweifte von meiner Mutter zum Schreibtisch neben der Tür. Weil ich keine Vorhänge hatte, fiel die Morgensonne direkt auf den Rahmen und die hellbraune Wand dahinter. Es war ein ähnlicher Moment wie mit Matteo, der ohne mich sein wollte und ich das eigentlich akzeptieren wollte, aber nicht konnte. »Tu's nicht, tu's nicht«, bettelte meine innere Stimme. »Lass es, nicht jetzt.«

»Mama?« Keine Chance. Ich merkte, dass der Druck zu stark war und es rausmusste.

»Ja?«

»Warum sagst du mir nie, wer er ist?«

»O nein, Eve!«, stöhnte meine Mutter. »Es ist sechs Uhr morgens, du hattest gestern einen Unfall und eine große OP und willst in die Schule. Können wir unser ewiges Thema bitte auf einen anderen Zeitpunkt verschieben?«

Ich stand auf. »Nein«, sagte ich, mit einer Festigkeit, die mich selbst überraschte. Es klang nicht weinerlich oder vorwurfsvoll wie sonst. Es klang stark. »Jetzt.«

Während ich mich anzog und nach unten lief, erfasste mich eine merkwürdige Ruhe, die sich fast wie

Vorfreude anfühlte. Es war der richtige Moment, ganz sicher.

Ich setzte mich an den Esstisch, der unsere offene Küche mit dem Wohnzimmer verband. Außer dem Zimmer meiner Mutter gab es unten nur noch ein Bad. Ein weiterer Vorteil unseres kleinen und abgelegenen Hauses, wie ich zugeben musste. In den Hackeschen wollte jeder Freund meiner Mutter gleich einziehen, weil es so super war.

»Wieder das alte Spiel?«, fragte sie provozierend und schenkte uns Tee ein. »Wollen wir uns wieder schön im Kreis drehen?«

»Nein«, sagte ich. »Du erzählst mir einfach, was damals passiert ist, und redest dich nicht wieder raus mit: Ich war zu jung, ich kann mich nicht erinnern, ich kannte ihn kaum und so weiter.«

»Weißt du, was ich glaube, Eve?« Meine Mutter nahm einen Schluck, und ich sah, dass sie sich daran verbrannte. »Ich glaube, diese krampfhafte Fixierung auf deinen Vater kommt nur daher, weil du nichts Vernünftiges machst. Gar nichts! Du hängst nur rum, schwänzt den Unterricht, daddelst an deinem Handy und rennst diesem Bengel hinterher.«

Ich merkte, wie mir das Blut aus dem Gesicht wich und meine Mimik erstarrte. Ich senkte den Kopf.

»Such dir einen Sport, tob dich da aus.« Natürlich

sah sie mir den Treffer an. »Lern von mir aus ein Instrument, so wie die anderen aus deiner Klasse, geh zum Chor und kümmere dich endlich mal richtig um deine Schulsachen, dann hast du eine sinnvolle Beschäftigung und vertrödelst nicht deine Zeit.«

Ich fühlte mich plötzlich so schwach, dass ich fürchtete, vom Stuhl zu rutschen. Ich dachte, es ist doch nicht der richtige Moment, weil meine Mutter mich mit drei Sätzen k. o. schlagen und ich nichts erwidern konnte. Wenn ich jetzt liegenblieb, war die Chance vertan, von der ich eben noch so überzeugt gewesen war. Aber hatte ich denn wirklich eine Chance? Oder würde ich mir mein Leben lang den Schädel an der Schweigemauer meiner Mutter einschlagen? Ich spürte ihren siegesgewissen Blick auf mir ruhen. Dieser Blick piekste mich an einer sehr empfindlichen Stelle. Ich merkte, dass neben meiner Hilflosigkeit Trotz hochkam und meine uralte Wut auf sie, die ich genährt hatte, seit ich denken konnte. Sie war groß und mächtig, diese Wut. Sehr mächtig. Ich hob den Kopf und sah meine Mutter an. Es war ein Duell. Auge um Auge. Schweigend hielt ich ihr stand. Wir kannten uns gut, sie und ich. Sie wusste fast alles über mich, kannte fast jede meiner Schwächen, natürlich. Aber dass sie die gegen mich einsetzte, verriet, dass auch ich sie in der Zange hatte und dass ich wahrscheinlich gar nicht so schwach war. Mir treu bleiben, dachte ich, wie Henny gesagt hatte. Gegenhalten, einfach nur gegenhalten.

»Du hast kein Recht, mich alle paar Wochen zur Rede zu stellen, Evelyn!«, platzte sie jäh heraus. »Das wird mir in der letzten Zeit entschieden zu viel, klar? Ich hab echt andere Sorgen!«

»Dann sag's …«

»Warum, verdammt, kannst du mich mit dem Scheiß nicht in Ruhe lassen?« Ihre blauen Augen funkelten zornig. »Ewig diese Bohrerei, dieses Gewühle in der Vergangenheit! Macht dir das Spaß? Willst du mich bloßstellen, ja? Ist es das?«

»Ich will nur wissen, von wem ich abstamme«, sagte ich leise.

»Wie, von wem du abstammst? Von mir natürlich! Du stammst von mir ab! Von wem sonst, meine Güte!«

»Und von ihm.«

»Aber das ist doch hier gar nicht entscheidend!«, rief sie aufgebracht. »Wer hat dich denn bekommen, Evelyn? Wer hat sich um dich gekümmert, dich versorgt und großgezogen? Wer war für dich da, wenn du krank warst oder Gott weiß, was mit dir los war? Na, wer?«

»Hat er dich verlassen, als du …«

»Nein, zum Donner nochmal!«, fauchte meine Mutter dazwischen. »Hat er nicht!«

»Wieso bist du so sauer?«, fragte ich. »Wieso regst du dich jedesmal so auf?«

»Weil ich deine Vorwürfe nicht hören will«, sagte sie hitzig. »Weil du nicht das Recht hast, mir Vorwürfe zu machen, klar? Ich habe immer mein Bestes für dich gegeben, immer! Und ich musste, verdammt nochmal, viel dafür tun, das war nicht leicht, das kannst du mir glauben!«

»Warum verstehst du mich nicht?«, fragte ich. »Warum verstehst du nicht, dass ich dir keinen Vorwurf mache, sondern einfach nur wissen will, wer mein Vater ist? Ist das so kompliziert?«

»Ja!«, schrie meine Mutter jetzt, und Tränen schossen hinter ihrem Geschrei her. »Ja, das ist es! Es ist schrecklich kompliziert. Ich will nicht darüber reden! Ich will es nicht! Kapier das endlich mal!« Meine Mutter verbarg das Gesicht in ihren Händen und weinte haltlos. An dieser Stelle war bisher für uns beide stets Schluss gewesen. Wenn sie zusammenbrach und weinte, ließ ich das Thema fallen. Heute nicht. Ich hatte zwar ein unangenehmes Gefühl, gegen das ich mich nicht wehren konnte, weil ich sie ja in diesen Zustand gebracht hatte, aber ich hatte kein Mitleid. Ich war eher stolz, stark geblieben zu sein. Auch widerstand ich dem Impuls, sie an der Schulter zu berühren oder irgendeine andere tröstende Geste zu machen.

Stattdessen ließ ich sie weinen und nahm den nächsten Schluck Tee.

»Matteo hat mich gestern verlassen«, sagte ich. »Wahrscheinlich habe ich mir deshalb in den Finger geschnitten. Wenn ich einen Vater gehabt hätte, wäre ich ihm nicht hinterhergerannt, und das wäre nie passiert.«

Meine Mutter hob den Kopf und starrte mich aus roten verquollenen Augen an, als hätte ich den Verstand verloren. Ich konnte sehen, dass sie sich gegen meine Worte wehrte, dass sie sie abschütteln und verscheuchen wollte wie lästiges Ungeziefer und dass sie es nicht schaffte. Erneut zwang mein Blick sie nieder. Mühelos. Die Kraftkuh hatte doch ihren Job gemacht, irgendwie. Innerhalb von vierundzwanzig Stunden war ich zu einer anderen geworden, und meine Mutter merkte es.

»Wie kommst du darauf, dass das eine mit dem anderen zusammenhängt?«

»Weil ich es geträumt habe«, wollte ich sagen, doch mit dem Satz hätte ich mir selbst ein Bein gestellt. Meine Mutter glaubte nicht an Träume.

»Weil ich einen Vaterkomplex habe«, sagte ich stattdessen.

»Du hast *was*?« Hysterisch fing sie an zu gackern. »Einen *Vaterkomplex*?!«

»Ja.«

»Natürlich«, höhnte sie, »weil du dich damit auch so super auskennst.« Sie schüttelte den Kopf, wollte überlegen wirken. »Tss, Vaterkomplex, wie lächerlich.«

Wieder wartete ich ab, sagte nichts. Es dauerte einen Augenblick, aber nicht so lange, wie ich gedacht hatte.

»So einen Schwachsinn habe ich ja noch nie gehört. Dann müsste ja jedes Kind von getrennten Eltern einen Vaterkomplex haben, weil fast alle bei der Mutter bleiben.«

»Nicht, wenn beide für das Kind da sind.«

Meine Mutter sah mich böse an. »Du hast überhaupt keine Ahnung, Evelyn. Von nichts.«

»Dann klär mich doch auf.«

Sie schwieg. Der Tee war inzwischen abgekühlt, aber sie hielt nur das Glas in der Hand, ohne zu trinken.

»Das bringt doch nichts«, sagte sie schließlich matt.

»Einen Versuch ist es wert, oder?«

»Ich weiß fast nichts mehr.«

Ich nahm das Teeglas in beide Hände, trank und sah sie wieder an.

»Es wird dir eh nichts nützen«, sagte sie. »Ob ich es dir erzähle oder nicht, du wirst ihn sowieso nie kennenlernen. Es ist sinnlos.«

Ich sah sie über mein Glas hinweg an.

»Mach dir bloß keine romantischen Vorstellungen. Von Liebe konnte keine Rede sein. Überhaupt nicht.«

Natürlich nicht, dachte ich, mit Liebe hast du ja nichts am Hut. Überhaupt nichts.

»Es war auch keine Freundschaft, falls du vielleicht darauf hoffst. Es war nur ... ja, eine flüchtige Bekanntschaft.«

Mit jedem Satz, den meiner Mutter sprach, merkte ich, dass die Zeit des Schweigens endgültig vorbei war.

Die Geschichte

»Du weißt ja, dass ich achtzehn war, als ich mit dir schwanger wurde«, begann meine Mutter. Es war so selbstverständlich, dass ich nicht einmal nickte. »Auch, dass ich zum ersten Mal ohne meine Eltern in den Urlaub fuhr.« Ich hätte am liebsten vorgespult.

»Mit meiner Freundin Trixi hatte ich eine Pauschalreise in die Türkei gebucht, und wir landeten in einem schönen Hotel in Side, das normalerweise viel teurer war. Wir bezahlten nur die Hälfte von dem, was die meisten anderen bezahlt hatten. Es gab einen riesigen Swimmingpool, drei Restaurants, einen Friseur, vier oder fünf Schmuck- und Modeläden und …«

Ach, daran erinnerst du dich so genau, dachte ich bitter. Natürlich schwafelte meine Mutter endlos drumherum, um das wirklich Wichtige hinauszuzögern. Ich ließ sie in Ruhe, weil ich fürchtete, sie würde sonst nicht weitersprechen.

Bei der Beschreibung einer Bootstour wurde ich aufmerksam, weil endlich mein Vater ins Spiel kam.

»Er studierte Journalismus und jobbte in den Sommerferien als Touristenführer in Side. Er war auf dem Schiff und erzählte den Leuten etwas über die Gegend. Und«, sie geriet ins Stocken, »so lernten wir uns eben kennen.«

Ihr Blick glitt über den Frühstückstisch hinweg, durch die Terrassentür nach draußen. Momper, der rote Kater unserer Nachbarn, saß elegant und aufmerksam auf den Gartendielen und beobachtete uns durch die Scheibe. Meine Mutter gab ihm manchmal ein paar Kartoffelstückchen oder ein wenig Reis, den er gnädig annahm.

Sie hatte nicht viel preisgegeben und doch merkte ich, dass es ihr einiges abverlangte. Er war also Journalist. Das war neu, und natürlich fragte ich mich sofort, ob auch sie deshalb bei einer Zeitung gelandet war?

Meine Mutter seufzte. »Was willst du noch wissen?«

Unglaublich, dachte ich. Meint sie die Frage ernst? Wo sind ihre ganzen Erinnerungen geblieben? Wo versteckt sie die? Ich wusste, dass ich sehr vorsichtig vorgehen musste, um sie herauszulocken. Zu oft war ich daran gescheitert, und sie hatte mir die Tür vor der Nase zugeschlagen.

»Konnte er Deutsch?«, fragte ich.

Meine Mutter schüttelte den Kopf. »Er sprach Türkisch, Englisch und Französisch.«

»Dann habt ihr Englisch gesprochen?«

»Ja.«

»Wie sah er aus?« Innerlich biss ich mir auf die Zunge und kniff die Augen zu. Es war wahnsinnig wichtig für mich, aber wenn meine Mutter ihn sich bildlich vorstellte, was dann? Würde sie sich wieder in ihr Schneckenhaus verkriechen? Wusste sie es überhaupt noch?

Sie stand auf, und ich dachte, jetzt ist es vorbei. Auch Momper hatte sich aufgerichtet und folgte ihren Bewegungen mit seinen großen Katzenaugen. Als er sah, dass es für ihn nichts zu holen gab, stolzierte er davon, und ich beneidete ihn. Dem Kater war es völlig schnurz, wer sein Vater war.

»Er hatte schwarze Haare«, sagte meine Mutter mit dem Rücken zu mir, während sie die Schranktür öffnete, die Schokocreme und einen Löffel herausnahm. »Und dunkelbraune Augen.«

Mit angehaltenem Atem wartete ich. Schwarze Haare hatte ich geträumt, von seinen Augen wusste ich nichts. Wenn sie dunkelbraun waren, sahen sie anders aus als meine. Ich hatte braune mit komischen Sprenkeln in der Iris, so dass sie eher hell wirkten. Das passte zwar zu meinen hellbraunen Haaren, aber nicht zu meinen Brauen, die ich viel zu dunkel für mein Gesicht fand.

»Und er hatte längere Wimpern als ich.«

Ich sagte nichts. Meine Mutter grub einen dicken Löffel Zartbitterschokolade aus dem Glas. »So wie deine ... und ... ja, den Mund könntest du auch von ihm haben, aber das weiß ich nicht mehr so genau.«

Sie zog den vollen Löffel zwischen ihren Lippen durch, und mein Herz setzte für eine Sekunde aus. Den Mund von meinem Vater. Und die Wimpern. Was noch, dachte ich, sag schon, was noch, was noch?

Sie leckte am Löffel herum und machte mich wahnsinnig.

»Und vielleicht seine Hände«, sagte sie. »Er hatte lange Finger, so ähnlich wie du.«

Am liebsten wäre ich aufgesprungen und zum Spiegel gerannt, um jeden Millimeter meines Gesichts auf Spuren von meinem Vater zu untersuchen. Schwachsinn, klar. Ich wusste ja, wie ich aussah, und dass mein Vater mir nicht auf einmal aus dem Gesicht gucken würde, wusste ich auch. Da wäre ohnehin nur meins. Trotzdem gelang es mir nur mit großer Beherrschung, sitzen zu bleiben, es ging nur, weil ich auf mehr Informationen hoffte, auf genauere Einzelheiten, mehr Details, mehr, mehr, mehr!

Ich kam mir vor wie ein Kind, das nie Süßigkeiten haben durfte und jetzt in einem Bonbonladen stand. Ich wusste nicht, was ich zuerst wissen wollte, ich wusste auch nicht, was ich meine Mutter fragen konnte, ohne dass sie einen Rückzieher machte.

»Und …?«, fragte ich zaghaft. »Sehe ich ihm … ähnlich?«

»Nein, überhaupt nicht.« Der Satz peitschte mir wie eine Ohrfeige entgegen. »Er war insgesamt ziemlich dunkel und hatte ganz andere Gesichtszüge. Nein, du siehst ihm kein bisschen ähnlich.«

Ich wusste nicht, ob meine Mutter das mit Absicht so sagte oder ob ihr nicht klar war, wie sehr mich das verletzen würde. So lange ich denken konnte, wollte ich aussehen wie er. Meine Knie waren wie Gummi. Ich kannte diese Härte meiner Mutter, die schneidend aus ihrer Gleichgültigkeit fuhr und jegliches Gefühl niedermetzelte. Vor allem die Liebe. Wenn man sie empfand.

»Aber wem sehe ich denn dann ähnlich?« Ich flüsterte fast.

»Keine Ahnung.« Sie sah mich an und zuckte die Schultern. »Niemandem, den ich kenne. Also aus unserer Familie jedenfalls niemandem, das weißt du doch.«

Ich schluckte und versuchte eine ebensolche Gleichgültigkeit über mein Gesicht zu legen, wie eine Decke, mit der man Feuer erstickt. Doch an einer Stelle kokelte es dann doch durch, und sie konnte die Enttäuschung sehen.

»Er war nicht sehr groß«, lachte sie plötzlich, als wollte sie mich ablenken. »Trixi fand ihn doof, weil sie immer hohe Schuhe trug und dann größer war als er. Und er fand Trixi doof, weil sie immer hohe Schuhe trug und dann größer war als er.«

Ich richtete meinen Blick auf die Terrassentür, in der Hoffnung Momper oder etwas anderes zu sehen, woran ich mich festhalten konnte, doch da war nichts. Nur das satte Grün, das mir aus dem Garten entgegenleuchtete. Die gezackten Blätter des Farns wippten leicht im Wind wie die weißen Fliederblüten an der Hecke. Regen hatte eingesetzt und die Holzdielen nassgemacht. Aber da war nichts Lebendiges.

»Hast du wirklich kein Foto von Cengiz?«

Es war komisch, den Namen meines Vaters auszusprechen. Auch meine Mutter fuhr zusammen, legte den Löffel weg und atmete tief aus. »Nein! Ich habe kein Foto von ihm! Wie oft noch?«

»Ihr habt von eurem ersten Urlaub allein keine Fotos?«

»Kein einziges.« Meine Mutter schüttelte den Kopf. »Trixi hatte eine Kamera dabei, und natürlich haben wir Fotos gemacht, aber die Kamera wurde uns am letzten Tag am Flughafen geklaut, mit allen Bildern drauf.«

»Wie ging es dann weiter?«

»Ach, Eve, das ist alles so unendlich lange her, willst

du das wirklich wissen? Es bringt doch gar nichts mehr.«

»Ja.« Ich machte eine unbedachte Bewegung mit der linken Hand, und ein stechender Schmerz fuhr in meinen Finger, an meinem Handgelenk entlang, durch meinen Arm hindurch, nach oben bis zur Schulter und nach unten in mein Bein. Er legte meine ganze linke Seite lahm. Ich sackte zusammen, und meine Mutter erschrak. Sie sprang auf mich zu, umfasste meine Schultern.

»Eve!«, rief sie. »Was ist los? Was hast du?«

»Ich …« Ich fühlte mich wie kurz nach dem Schnitt, in zähem Brei gefangen. Ein taubes Kribbeln in Armen und Beinen. Tränen liefen mir übers Gesicht, mein Herz tat weh wie noch nie. »Ja«, flüsterte ich noch einmal. »Ja. Ich will das alles wissen. Bitte.«

Meine Mutter führte mich zum Sofa, legte sich neben mich und zog die dicke Kuscheldecke über uns. Und damit begann die Geschichte, die ich mein Leben lang so sehnlichst hören wollte und die sie mir all die Jahre verschwiegen hatte. Die Geschichte meiner Eltern.

»Als ich ihm begegnete, geschah etwas«, sagte sie, ohne mich anzusehen. »Etwas Komisches, das ich mir bis heute nicht erklären kann. Er könnte es wahrscheinlich ebenso wenig. Es war keine Liebe auf den ersten Blick, kein Schockmoment, kein Blitzschlag, kein *Der-ist-es* oder so. Ich fand ihn schon interessant, aber auch irgendwie sehr fremd. Er war nicht nur äußerlich anders als die Jungs, mit denen ich sonst ausging, die meist blond und hellhäutig waren, er verhielt sich auch anders. Er war einerseits sehr bestimmend und bei einigen Themen ziemlich empfindlich, andererseits aber auch zuvorkommend, fürsorglich und zurückhaltend, manchmal schon fast schüchtern. Auch ich hatte natürlich nichts von einer Türkin an mir, so dass er bestimmt genauso wenig wusste, was er von mir halten sollte. Vielleicht lag es an diesem Kontrast, dass wir beide neugierig und gleichzeitig vorsichtig umeinander herumschlichen. Wir wussten nicht, ob wir es wagen oder lieber lassen sollten. Er erzählte mir, dass er mit einer Türkin verlobt sei, die seine Eltern für ihn ausgesucht hätten, und das störte mich sehr. Als ich ihm sagte, dass ich auch schon einen Freund gehabt hätte, merkte ich ihm seine Eifersucht an, die nicht gespielt war, glaube ich.

Und dann auf einer Bootsfahrt, die wir allein in die Buchten um Side herum unternahmen, da ...« Meine Mutter stockte und guckte starr geradeaus. »Auf jeden Fall wollte ich mich nicht verlieben. Auf gar keinen Fall. Wir waren auch nicht verliebt.« Jetzt sah sie mich an. »Wirklich nicht!«, beteuerte sie mit gekrauster Stirn, obwohl ich schwieg. »Also, verliebt waren wir natürlich nicht, aber es war auch nicht mehr wie vorher. Die Zeit raste uns davon, und der Abschied rückte immer näher. Was würde dann sein? Nichts, vermutlich. Kurzerhand beschloss er, sich von der anderen zu trennen, hatte aber nicht mit dem Widerstand seiner Eltern gerechnet. Es gab ein mittelschweres Familiendrama, als sie von seinen Absichten erfuhren. Sie drohten ihn zu enterben und den Kontakt zu ihm abzubrechen, wenn er es tatsächlich wagen sollte, die Verbindung mit dem Mädchen zu lösen. Das verunsicherte ihn. Nicht unbedingt wegen des Erbes, sondern eher, weil er bislang nichts gegen den Willen seiner Eltern unternommen hatte. Und vielleicht auch, weil er Zweifel an unserer Beziehung hatte. Er war in einer Zwickmühle, genau wie ich.« Meine Mutter sah auf ihre Hände und schwieg einen kurzen Moment. Nicht ein einziges Mal hatte sie seinen Namen gesagt. Ich betete, dass sie weitersprechen würde, und wagte kaum zu atmen, geschweige denn mich zu bewegen. Sie strich über die Decke und fuhr fort.

»Auch meine Eltern hätten ihn niemals akzeptiert. Das war mir völlig klar. Einen Türken? Für meine Eltern waren die meisten Türken Schmarotzer mit sechs Kindern, Kopftuchfrauen, runtergelatschten Schuhen und Ehrenmord. Zumindest damals, heute sehen sie das zum Glück anders. Aber zu der Zeit hätte es nichts genützt, ihnen zu erklären, dass er nicht so war. Dass er aus einer wohlhabenden Familie stammte, studierte, sich für Politik und Kultur interessierte und Religion für rückständig hielt. Trotzdem hatte er sich einverstanden erklärt, ein Mädchen zu heiraten, das seine Eltern für ihn wollten. Das konnte ich absolut nicht verstehen, und er konnte es mir nicht erklären. Auch wenn er sie kannte und mochte, war das für mich mindestens genauso rückständig. Wir sprachen nicht darüber, wir merkten nur, dass zwischen uns viele Hürden standen. Zu viele. Und die Sprache war dabei das geringste Problem.

Hinzu kam, dass er in Istanbul studierte und sich dort sehr wohl fühlte. Er wollte nicht nach Deutschland, ich konnte mir ein Leben in Istanbul nicht vorstellen. Und Trixi lag mir Tag und Nacht in den Ohren, ich solle endlich aufwachen und diesen sinnlosen Flirt beenden.

Noch bevor wir abreisten, machten er und ich Schluss. Wir versuchten beide, vernünftig zu sein und nicht mehr zwischen uns zu sehen, als da war.«

Oder sein durfte, dachte ich.

»Natürlich ahnte ich schon im Flugzeug, dass es mehr als ein Flirt gewesen war. Die Gewissheit bekam ich einige Wochen später zu Hause beim Schwangerschaftstest. Positiv. Ich war verzweifelt; ich hatte gerade erst Abitur gemacht, wohnte noch bei meinen Eltern in Hannover und plante mein Studium in Berlin. Was sollte ich tun? Kontakt zu ihm aufnehmen? Ihm sagen, dass er Vater wird? Dafür war ich viel zu stolz. Auch vermutete ich, dass er längst mit dem Mädchen verheiratet war und mich vergessen hatte. Außerdem wusste ich nur seinen Namen, hatte weder eine Adresse noch Telefonnummer, und das Internet nutzte kaum jemand zu der Zeit. Ich besaß ja nicht einmal einen Computer. All das führte dazu, dass ich mich bemühte, die ganze Sache zu vergessen, so weit das mit einem Kind im Bauch, also dir, überhaupt möglich war. Ich sagte niemandem etwas, selbst Trixi nicht.

Ich ging zur Frauenärztin, ließ mich untersuchen und beraten, erwog auch einen Schwangerschaftsabbruch, doch nur kurz. Innerhalb weniger Wochen veränderte ich mich innerlich und äußerlich, und dann beschloss ich einfach, dich als das größte Abenteuer meines Lebens zu betrachten. Das ist es ja dann auch geworden.«

Meine Mutter und ich lächelten uns an.

»Und so zog ich wenig später mit meiner dicken Murmel und ein paar Sachen in eine Berliner Wohngemeinschaft. Deine Großeltern waren natürlich alles andere als begeistert, zumal ich mich weigerte, über den Vater zu sprechen. Sie hätten mich vielleicht sogar unterstützt, wenn ich es gesagt hätte, doch das wollte ich nicht. Ich wollte es allein schaffen, Studium, Job und dich. Mit neunzehn. Doch ich merkte bald, dass ich mir zu viel vorgenommen hatte. Die Puste ging mir aus, ich konnte einfach nicht mehr. Also schmiss ich das Studium und wurde Anzeigenverkäuferin bei meiner Zeitung. Alle paar Jahre gebe ich seinen Namen im Internet ein, um zu gucken, was er macht und ob es Fotos von ihm gibt, doch ich finde nie auch nur eine Zeile von ihm. Keinen Hinweis auf seine Person, nichts. Weil ich dir die Enttäuschung ersparen wollte, habe ich so lange geschwiegen.«

Vielleicht aber auch, um deine eigene Enttäuschung zu vergessen, dachte ich und guckte meine Mutter an, ohne sie auf ihre Lüge hinzuweisen, denn in ihren Augen schimmerte etwas, das ich bei ihr noch nie gesehen hatte.

Die Hoffnung

Als ich auf die Uhr sah, war es bereits nach zehn. Wir hatten vier Stunden miteinander geredet, auch wenn meine Mutter die meiste Zeit gesprochen hatte. Schule lohnte sich nicht mehr, ich war ohnehin zu müde und hatte noch ein Attest vom Arzt für den heutigen Tag. Die vielen Neuigkeiten, die unerwartete Offenheit meiner Mutter und die zahllosen Bilder, die das alles in mir hervorbrachten, schafften mich. Und jeden Augenblick fielen mir neue Fragen ein, auf die ich unbedingt sofort eine Antwort wollte, doch das meiste wusste meine Mutter einfach nicht. Vom Sofa wechselte ich wieder ins Bett, und sie machte sich auf den Weg zur Arbeit. Sie konnte selbst bestimmen, wann sie anfing, daher war es nicht schlimm, dass sie später kam.

Ich stellte den alten Bilderrahmen auf meinen Nachttisch und schlüpfte unter die Decke. Nach der Scheueraktion war das Metall an manchen Stellen grünlich angelaufen, das gefiel mir gut. Er wirkte wie aus einer anderen Zeit, in der die Welt noch schwarzweiß gewesen war. Mein Zauberrahmen, der die Liebe meiner Eltern in sich barg.

Seltsamer Gedanke.

Ich sah noch immer den Gesichtsausdruck meiner Mutter vor mir, wie sie von meinem Vater gesprochen hatte. Sie hatte ein leicht verlegenes Schmunzeln auf den Lippen gehabt, ein winziges Zucken der Mundwinkel. Sie hatte mich belogen und sich selbst gleich mit. Wahrscheinlich hatte sie sich ihre Gefühle zu ihm nie eingestanden. Jetzt wurde mir auf einmal auch klar, warum es mit keinem ihrer Typen geklappt hatte. Sie schien nie richtig verliebt zu sein, und ein paar Monate später verkündete sie mir stets das Aus mit Florian, Steffen, Ben und wie sie alle hießen. Nicht, dass ich das bedauert hätte. Ich kam gut mit meiner Mutter allein zurecht. Bis auf das Thema mit meinem Vater verstanden wir uns nämlich recht gut. Männer störten nur, und ich war froh, wenn sie einen nach dem anderen in den Wind schoss. Seitdem wir im Jenbacher Weg wohnten, war meine Mutter allein geblieben, und mir gefiel das. Nie wäre ich auf den Gedanken gekommen, dass ihr vielleicht mein Vater noch im Kopf rumspukte, dass er vielleicht der Grund für das Scheitern ihrer Beziehungen sein könnte.

Aber war das überhaupt so? Dachte sie noch an ihn? Oder überschätzte ich die ganze Sache? Schließlich war das alles über fünfzehn Jahre her. Genaugenommen sechzehn. Vierzehn rosarote Tage vor sechzehn Jahren. Was waren denn bitte vierzehn Tage? Wenn man noch ein paar Tage Kennenlernen, Vorgeplänkel und Trennung abzog, blieb ein Hauch von Nichts! Verliebt hin oder her, aber das war doch dann irgendwann auch mal vorbei, oder? Da musste man sich doch zwangsläufig vergessen, ohne Foto, ohne jeden Kontakt, oder?

Andererseits war das für mich auch gar nicht wichtig. Ich hatte bekommen, was ich wollte. Ich wusste jetzt mehr über meinen Vater als je zuvor. Meine Mutter hatte es mir erzählt, auch wenn sie uns einander nicht vorstellen konnte.

Ich krabbelte aus dem Bett, nahm meinen Spiegel vom Schreibtisch und stellte ihn hinter den Rahmen auf meinem Nachttisch, so dass ich mich darin sehen konnte. Mit dem Finger fuhr ich über meinen Mund. Wie mein Vater. Ob ich mich je mit ihm von Angesicht zu Angesicht vergleichen würde?

Lass ihn erscheinen, dachte ich, damit ich ihn ansehen kann.

Kaum hatte ich am nächsten Morgen das Schulgebäude betreten, stürmten auch schon sämtliche Mädchen aus meiner Klasse auf mich zu.

»Wie war's?«

»Zeig mal den Schnitt.«

»Was? Nerv durchgeschnitten? Ihh!«

»Und die Sehne?«

»Kannst du den Finger bewegen oder bleibt der steif?«

»Wie hat er genäht?«

»Ohne Betäubung?«

»Warum ist der Verband so dick?«

Nach dem ruhigen Tag zuvor, den ich fast nur im Bett verbracht hatte, wurde es mir schnell zu viel, und Henny zog mich zu einer Fensterbank am Ende des Ganges. Heute trug sie neben dem üblichen Armschmuck ein Stirnband aus grünem Satin und zwei schwere Silberringe. An ihren Ohren hingen silberne Federn. »Warum bist du nicht bis zum Wochenende zu Hause geblieben?«, fragte sie. »Hier passiert heute und morgen sowieso nichts mehr.«

»Ach, ich musste mich mal ablenken. Von Matteo und …«

»In der Schule?« Henny zog die Augenbrauen hoch. »Ablenken? Von Matteo?«

»Ja, genau, in der Schule«, gab ich zurück. »Dann mache ich mir nämlich keine Hoffnungen mehr. Er hat mich vorhin nicht mal gegrüßt.«

»Sei froh, dass du ihn los bist!«

Ich schnaubte. »Eigentlich wollte ich dir was ganz anderes erzählen, wenn du mich mal ausreden lassen würdest.«

Meine Freundin schwieg schuldbewusst, und ich grinste. »Ich weiß jetzt, wer mein Vater ist! Und das hab ich dir zu verdanken.«

»Mir?«, stammelte Henny. »Wieso?«

»Na ja, du hast das mit dem Vaterkomplex gesagt, und als ich das bei meiner Mutter angebracht habe, ist sie völlig abgegangen.«

»Und sie hat es dir erzählt?«

Ich nickte. »Mein kaputter Finger war strategisch natürlich auch sehr günstig. Die Kombi hat meine Mutter nicht verkraftet. Jetzt weiß ich, dass er neununddreißig ist, schwarze Haare und lange Wimpern hat.«

»Wie? Lange Wimpern? Na und? Was sonst noch?«

Ich lachte und erzählte Henny alles, was ich wusste.

»Siehst du?«, rief sie triumphierend. »Ich hab's doch gewusst: dein Krafttier …«

»Jajajaja!«, fuhr ich ihr ungeduldig dazwischen, und Henny lenkte ein.

»Okay, okay. Hast du schon im Netz geguckt, wo er ist? Fotos? Adresse? Arbeitsstelle? Irgendwas?«

»Ja klar.« Ich nahm meine Tasche, weil Natalie uns zum offenen Klassenraum winkte. Frau Brandt klingelte mit ihrem Schlüsselbund wie bei Drittklässlern, um den Raum für die Zuspätkommer abzuschließen. »Aber ich habe nichts gefunden.«

»Echt nicht?« Henny und ich traten vor Frau Brandt in die Klasse und gingen zu unseren Plätzen. Die Tische waren U-förmig angeordnet, und wir saßen ganz rechts außen. »Du hast gar nichts gefunden?«

»Null.« Ich schüttelte den Kopf. »Komisch, was?«

»Ja«, sagte Henny. »Also, wenn er eine Frau wäre, könnte ich mir das eher erklären, weil sie vielleicht geheiratet und den Namen ihres Mannes angenommen hat. Deutsche Männer machen so was ja auch manchmal, aber Türken?«

»Kann ich mir irgendwie auch nicht vorstellen«, sagte ich. »Pass auf«, lachte Henny. »Nachher ist dein Vater ein Hollywoodstar, und du hast keine Ahnung, weil er jetzt anders heißt …«

»Hört jetzt mal auf zu reden, ja?« Frau Brandt bedachte uns mit einem genervten Blick. »Das stört!«

Die nächste Stunde mussten wir uns auf Flüsse in Europa konzentrieren und die größten Städte auflisten, die daran lagen. Als Hausaufgabe sollten wir herausfinden, wie und zu welcher Zeit Flüsse entstanden waren, und die Zeichnung eines Flussbetts anfertigen. War gar nicht so leicht. Finn, der sofort heimlich sein Smartphone zückte, um die Aufgabe noch in der Schule fertig zu bekommen, fand im Netz keine Seite dazu.

Mein Blick schweifte auf der Karte immer wieder in die Türkei. Ich blätterte im Atlas für eine größere Ansicht von Istanbul und saugte mich daran fest. Ob er da war? Irgendwo zwischen Kadiköy, Üsküdar oder Ortaköy? In den Stadtteilen, deren Namen ich kaum aussprechen konnte, ohne mir die Zunge zu verdrehen. Wahrscheinlich sprach man das ganz anders aus. Ganz sicher sogar. Üskülümüküöy. Türkisch war eine komische Sprache.

Henny, die sah, was ich herausgesucht hatte, schmunzelte.

»Vielleicht ist er ja gar nicht mehr in der Türkei?«, flüsterte sie. »Vielleicht ist er ausgewandert?«

»Vielleicht nach Deutschland?«, flüsterte ich zurück. »Vielleicht nach Berlin?«

»Vielleicht arbeitet er bei euch um die Ecke?«

»Vielleicht verkauft er Gemüse?«, sagte ich. »Oder Handys? Oder Kühe?«

Henny hielt sich die Hand vor den Mund, damit Frau Brandt sie nicht kichern sah.

Als wir in der Pause vors Schulgelände traten, tippte sie den Namen meines Vaters in ihr Handy und spekulierte weiter, was aus ihm geworden sein könnte, weil sie natürlich auch nichts fand. Was, wenn wir nur deshalb nichts finden konnten, weil er nicht mehr lebte? Fast glaubte ich, damit recht zu haben, bei meinem nicht vorhandenen Glück. Fünfzehn Jahre keinen Kontakt und dann Bumm. Autounfall, Krebs, Flugzeugabsturz, Erdbeben, Malaria, Hirntumor, so was. Es gab tausend Möglichkeiten, in fünfzehn Jahren zu sterben. Henny steckte das Handy enttäuscht in die Tasche. Ein Cengiz Moran existierte einfach nicht.

»Ich will dich ja nicht auf blöde Gedanken bringen, aber was, wenn er deiner Mutter nicht seinen richtigen Namen gesagt hat?«

»Blöde Gedanken habe ich sowieso schon«, seufzte ich. »Was, wenn er nicht mehr lebt?«

»Na, jetzt übertreibst du aber! Der ist doch noch gar nicht so alt, natürlich lebt er noch. Da steckt sicher was ganz anderes dahinter.«

Ich zuckte die Schultern. Was sollte schon dahinterstecken? Entweder hatte er meiner Mutter wirklich einen falschen Namen gesagt, oder er war tot. Dazwischen gab es einfach nicht mehr so viele Möglichkeiten.

In der letzten Stunde musste ich nicht mitmachen. Wir hatten Werken bei Herrn Zorn, der gleich besorgt auf mich zukam und fragte, wie es mir ginge, wie die Operation verlaufen sei, und sich entschuldigte, dass er nicht gut genug aufgepasst habe. Ich versicherte ihm, dass alles so weit in Ordnung sei, auch wenn es zur Heilung noch etwas dauern würde. Danach setzte ich mich zu Henny und Clara. Kaum jemand sprach, alle arbeiteten übervorsichtig und sehr langsam, sogar die Jungs. Herr Zorn lief von einem zum anderen, überprüfte die Messerhaltung, die Schnittrichtung und ob die Hölzer richtig eingespannt waren. Er schien große Angst davor zu haben, dass sich so ein Unfall wiederholen könnte. Während ich den anderen beim Schnitzen zusah, überlegte ich, was ich nun mit dem Wissen über meinen Vater anfangen sollte. Der erste Impuls, nach seinem Namen zu suchen, hatte nichts gebracht.

Trotz meiner Enttäuschung darüber, war ich auch ein bisschen erleichtert. Wer weiß, ob es mich nicht schockiert hätte, wenn er mir sofort vom Bildschirm entgegengesprungen wäre. Auch wollte ich mir erst einmal klarwerden, ob ich ihn denn wirklich suchen wollte. Nein, falsch, natürlich wollte ich das. Natürlich wollte ich noch mehr von ihm wissen, ihn in echt sehen, seine Stimme hören, ihn erleben. Das war keine Frage, dafür hatte ich zu lange auf ihn verzichten müssen. Aber was, wenn er ganz anders war? Nicht so nett und liebevoll, wie ich ihn mir immer vorgestellt hatte? Und was, wenn er ein Türke war, der mir meinen Freund verbieten würde oder Schminke? Der vielleicht im Laufe der vielen Jahre so streng geworden war wie seine Eltern? Der jetzt vielleicht glücklich darüber war, dass sie damals auf die Hochzeit mit dem

Mädchen bestanden hatten? Was, wenn ich ihn nicht mögen würde? Wenn er komisch war und ich ihn richtig doof fand? Und was, wenn er eine Familie hatte, eine oder gar mehrere Töchter, die er liebte? Die alles für sich selbst beanspruchten, was zum Teil auch mir gehörte, was auch mir zustand, eigentlich. Was, wenn kein Platz mehr für mich in seinem Leben war? Was dann?

Der Traum

Henny wollte unbedingt bei mir übernachten, um an meinem Rechner weiterzusuchen, doch ich brauchte nach dem anstrengenden Schultag eine Pause. Kaum hatte ich mich aufs Bett gelegt, schlief ich auch schon und wachte erst auf, als meine Mutter von der Arbeit kam. Auch sie hatte das Thema wohl mit sich herumgetragen, denn sie fragte mich halb im Scherz, halb im Ernst, ob ich meinen Vater bereits ausfindig gemacht hätte. Mit dem Ergebnis schien sie merkwürdig zufrieden. Als hätte sie Angst, dass ich ihn vor ihr finden könnte. Bereute sie ihre Offenheit? Hatte sie mich vielleicht auch deshalb so lange hingehalten, weil sie ahnte, dass ich alles dransetzen würde, ihn aufzuspüren? Weil ich sie damit rund um die Uhr verrückt machen würde, wo sie die Affäre seit sechzehn Jahren vergessen wollte? Aber wozu suchte sie ihn dann selbst manchmal?

Vom Lio hatte meine Mutter zwei Pizzen mitgebracht. Eine mit Tomaten und Rucola, so wie ich es mochte, und eine mit Spinat, wie sie es mochte. Der Lio war der zentrale Bahnhof in Lichterfelde Ost, von dem Busse, S-Bahnen und Regionalzüge in alle Richtungen Berlins fuhren. Davor befand sich ein großer Parkplatz, der zweimal in der Woche für den Bauernmarkt genutzt wurde und um den sich Geschäfte und Lokale gruppierten.

Meine Mutter wollte sich gerade an den Tisch setzen, als es klingelte und Samuel, ihr jüngerer Bruder, hereinkam. Er wohnte nur ein paar Straßen weiter, war groß und blond und sah aus wie Channing Tatum, na ja, vielleicht ein bisschen. Und er hatte blaue Augen wie meine Mutter. Vor einigen Jahren war Sam wegen einer Frau nach Berlin gekommen und geblieben, als die Beziehung zerbrach. Er war derjenige gewesen, der das Haus mit den drei Zimmern am Wald für uns entdeckt hatte.

»Ohne Käse?« Skeptisch beäugte Sam unsere Pizza. »Ist das wieder so'n veganes Zeugs?« Er biss von meinem Stück ab, kaute und biss gleich noch mal ab.

»He«, protestierte ich, doch mein Onkel aß das ganze Stück und griff nach dem nächsten. »Esst ihr echt nix Normales mehr? Salami? Mozzarella? Hmm?«

»Vegan ist normal«, gab meine Mutter ungerührt zurück. »Und dafür, dass du es so miesmachst, schmeckt's dir ziemlich gut, oder?«

»Den Teig hätte ich besser gemacht«, grinste Sam mit Rucola zwischen den Zähnen. »Aber weißt doch, wie es ist. Der Hunger treibt's rein, ich hab nichts mehr im Kühlschrank.«

»Nimm eine Zigarette«, empfahl meine Mutter. »Guter Appetitzügler.«

»Danke, Schwester Cornelia, hatte ich gerade reichlich, bevor ich zu euch kam.«

»Komisch, nach einem Päckchen müsstest du doch satt sein.«

»Och, eins geht noch.« Er zwinkerte mir zu und bemerkte meinen Verband. »Ey, hast du etwa schon wieder mit links zugehauen? Mann, Eve, mit rechts hab ich dir gesagt, mit rechts!«

»Hatte ich vergessen«, schmunzelte ich. »Nächstes Mal.«

Sam vergingen jedoch die Späße, als wir ihm von der Verletzung und dem Arztbesuch erzählten. Er fürchtete nichts mehr als Spritzen, nachdem ihn als kleiner Junge ein Hund ins Gesicht gebissen hatte und die Wunde genäht werden musste. Da hatte er Betäubungsspritzen ganz nah am Auge bekommen und musste es während der Behandlung offenlassen, so dass er die lange Nadel sah. Das verfolgte ihn bis heute, und ich konnte ihn verstehen, Spritzen waren ekelhaft.

Nachdem sich Sam und meine Mutter noch ein paar

Sprüche zu unserer neuerdings veganen Ernährung zugeworfen hatten, begann er wieder von seinem Lieblingsthema zu sprechen. Brötchen.

Brötchen waren sein Ein und Alles. Nach eigenem Rezept backte er unglaublich leckere Schrippen, kleine knusprige Köstlichkeiten, die ich am liebsten jeden Tag gegessen hätte, was aber nicht ging, weil er hauptberuflich in der Fahrbücherei arbeitete. Mit seinem großen Bücherbus stand Sam an jedem Tag der Woche irgendwo und verlieh Bücher, CDs und eine überschaubare Menge Filme. Donnerstags war er am Lio, und manchmal besuchte ich ihn nach der Schule, weil ich ohnehin dort vorbeimusste.

Er hatte Bibliothekar gelernt, nur war es nicht das, was er wollte. Sam wollte Brötchen backen. An seinem Rezept hatte er ewig herumgetüftelt, zig Mehlsorten und Mischungsverhältnisse ausprobiert, mit und ohne Hefe, verschiedene Gewürze und sonst was getestet. Einiges war schiefgegangen oder schmeckte wie die pappigen Allerweltsbrötchen der großen Ketten. Aber er gab nicht auf, und auf einmal hatte er es. Keine Ahnung, wie er es machte, die Dinger waren so sensationell, dass seine Nachbarn nach kurzer Zeit bei ihm klingelten, weil sie diesem Duft nicht mehr widerstehen konnten.

Nun belieferte Sam nicht nur uns mit seinen Wochenendbackwerken, sondern auch die Leute in seinem Haus.

Liebend gern hätte er eine eigene Bäckerei gehabt, aber das ging nicht, weil er weder das Handwerk gelernt, noch seinen Meister gemacht hatte. Den brauchte man dafür, und einen Kredit von der Bank. Außerdem hatte Sam auch eine recht eigenwillige Vorstellung von seiner Bäckerei, die ihm wahrscheinlich auch mit Meisterbrief niemand finanziert hätte. Er wollte nämlich nur drei Sorten Brötchen und die gleiche Auswahl an Broten anbieten. Dazu noch eine wechselnde Sorte Kuchen, guten Kaffee, Tee, Wasser und fertig. Mehr sollte es nicht geben, aber das, was es gab, sollte die Menschen auf ewig süchtig machen.

Ich wusste, dass Sam es irgendwann schaffen würde, weil man seine Begeisterung nicht nur hören und sehen, sondern auch schmecken konnte.

»Eigentlich brauche ich nur einen Bäckermeister, der als Teilhaber einsteigt.« Sam stand auf und nahm ein Bier aus dem Kühlschrank. »Und natürlich einen Laden in der richtigen Lage.«

»Na, da fehlt ja wohl noch ein bisschen mehr zum Glück«, erwiderte meine Mutter. »Du darfst deine selbstgebackenen Sachen offiziell gar nicht verkaufen.«

Mit seinem Feuerzeug hebelte mein Onkel den Deckel ab und nahm einen tiefen Zug. »Ahhhh!«

»Außerdem, wer sollte da mit einsteigen? Und warum? Was hätte der denn davon?« Ich fragte mich, ob meine Mutter jemals einen Traum gehabt hatte und wenn ja, wo er ihr verlorengegangen war. Für sie zählte nie die Idee, sondern immer nur wie unmöglich das Erreichen war. Wie bei meinem Vater. Dass ich wissen wollte, wer er war, war in ihrer Denke völlig egal, weil ich ihn sowieso nie kennenlernen würde und mir deshalb den ganzen Aufwand sparen konnte.

»Was der davon hätte?« Sam hielt sich die Hand vor den Mund und unterdrückte einen Rülpser. »Das kann ich dir genau sagen, Schwesterchen: eine Goldgrube! Eine echte Goldgrube! Die Leute rennen uns die Bude ein, die kommen aus der ganzen Stadt, nur um bei uns Brötchen zu kaufen.«

»Ja, klar!« Meine Mutter winkte ab. »Aus ganz Berlin kommen sie nach Lichterfelde, um bei Samuel Morgenstern einzukaufen, von wegen!« Als sie das sagte, sah ich schon den Schriftzug mit seinem Namen über der Tür. Ich sah die Bäckerei bei uns an der Ecke, innen schick umgebaut, mit Tischen und Stühlen draußen, und Sam strahlend hinter seiner Theke, der stolz seine einmaligen Brötchen verkaufte. Und die Schlange, die bis auf die Straße hinausreichte. Und ein paar enttäuschte Gesichter, weil nichts mehr übrig war. Meine Mutter sah das alles nicht.

»Du investierst viel Geld, das du nicht hast, und am Ende stehst du da mit einem Sack voll ...«

»Samuel Morgenstern, klingt das nicht phänomenal?« Sam lächelte mich an, und ich nickte, ohne auf die verdrehten Augen meiner Mutter zu achten. »Das klingt doch nach was, oder?«

»Das klingt vor allem nach Spinnerei.«

»Ich kaufe immer bei dir«, sagte ich gleichzeitig. »Und dann nehme ich welche mit in die Schule und mache Werbung.«

»Das ist eine super Idee! Dann kriegt ihr Waldis mal was richtig Gutes zwischen die Zähne.«

»Ich gehe ins Bett«, verkündete meine Mutter und stand auf. Sam und ich wussten, dass ihr abrupter Rückzug uns galt.

»Und denk dran, Evelyn.« Sie stand schon an der Badezimmertür. »Du hast morgen einen Arzttermin und Krankengymnastik.«

»Ja«, sagte ich. »Ich denke dran.«

»Vergiss es nicht.«

»Nein, Mama.« Jetzt verdrehte Sam die Augen, was meine Mutter nicht sehen konnte, weil er mit dem Rücken zu ihr saß. »Arzt in der Münzstraße neben der Apotheke, Krankengymnastik drei Häuser weiter. Nummer steht auf meinem Zettel, Zettel und Rezept sind in meiner Tasche.«

»Denk dran, Evelyn!« Sam fuchtelte mit erhobenem Zeigefinger vor meinem Gesicht herum. »Denk dran!«

Ohne auf unser Gelächter zu reagieren, verschwand meine Mutter im Bad und zog die Tür mit einem Rumms hinter sich zu. Schuldbewusst schielte ich meinen Onkel an.

»Mach dir nichts draus, deine Mutter war schon als Kind so. Die hat immer einen Koller gekriegt, wenn man nicht ihrer Meinung war.« Sam reckte sich und gähnte.

»Und, was gibt's sonst Neues, außer deinem Selbstversuch in Amputation?«

Ich versetzte ihm einen Stoß. Kurz überlegte ich, ihm von meinem Vater zu erzählen, entschied mich aber dagegen. Nur zu gut erinnerte ich mich an einen heftigen Streit im vergangenen Jahr, den er mit meiner Mutter gehabt hatte, weil auch er der Meinung war, dass sie sich falsch verhielt. Meine Mutter hatte dabei wieder geweint und mir trotz allem leidgetan. Wenn ich sie zum Weinen brachte, fand ich das nicht so schlimm, weil mir diese Informationen zustanden. Aber Sam hatte kein Recht, sie zu verurteilen, und das hätte er vermutlich getan, wenn ich es ihm erzählt hätte. Er hätte so was gesagt wie »na endlich, wurde auch mal Zeit« und »das habe ich eh nie verstanden«. Das wollte ich nicht hören.

»Ich will wieder in die Hackeschen«, seufzte ich.

»Meine ganzen Freunde wohnen da, und hier ist es so langweilig.«

»Mir gefällt grade das«, sagte Sam. »Kreuzberg ist viel zu hip und voll geworden.«

»Du bist ja auch alt.«

»Gefahrensucher, was?« Jetzt schubste mich Sam fast vom Stuhl, und ich grinste.

»Wieso, stimmt doch?! Wie alt bist du noch mal, Dreißig?«

»Neunundzwanzig, und das ist nicht alt, Evelyn, denk dran!«

»Okay, ich denke dran, Onkel Samuel.«

Meine Mutter kam abgeschminkt aus dem Bad, ging in die Küche und stellte die Spülmaschine an. Ein sanftes Rauschen ertönte, das mich jedes Mal ans Meer erinnerte.

»Nacht«, sagte sie über unsere Köpfe hinweg.

»Gute Nacht, Mama.« Ich stand auf und nahm sie in den Arm, doch sie machte sich ganz steif. Mit einer ungeduldigen Geste klopfte sie mir auf den Rücken, um mich loszuwerden. Ich hatte ein schlechtes Gewissen, weil wir über sie gelacht hatten und sie jetzt ärgerlich war, obwohl ich auch fand, dass sie ruhig etwas mehr Offenheit für Sams Pläne zeigen konnte. Sam kannte das schon, ihn berührte es nicht. Er nahm seine Zigaretten, öffnete die Terrassentür und trat hinaus.

Als meine Mutter in ihrem Zimmer verschwunden war, ging ich meinem Onkel nach. Bis auf das Licht der Straßenlaterne, die einen Teil des Gartens beleuchtete, war es dunkel. Sam stand am Zaun, zog an der Zigarette, und die Spitze glomm rot auf.

»Hör mal«, flüsterte er. Ein heller Rauchfaden kringelte sich in den Fliederbusch neben ihm.

»Ich hör nichts«, flüsterte ich zurück.

»Eben«, flüsterte er. »Diese Stille.«

»Ist stiiinklangweilig«, flüsterte ich, und Sam lachte. Gemeinsam ließen wir unseren Blick auf dem gegenüberliegenden Wald ruhen. Nur die erste Baumreihe war noch zu erkennen und ein paar größere Büsche, der Rest war schwarz. Eine Böe fuhr in die Wipfel der Bäume und schaukelte sirrend und raschelnd deren Äste. Auch in das Windspiel unserer Nachbarn brachte sie Bewegung, spielte seine weiche hölzerne Melodie. Und als hätte ihn dieser Klang inspiriert, begann ein Vogel zu zwitschern. Ein einziger Vogel am Abend, in der Dunkelheit.

»Ein Nachtigallmännchen«, sagte Sam leise. »Er bittet ein Weibchen zum Tanz.« Ich hatte noch nie eine Nachtigall gehört, wusste von ihnen nur aus Märchen, die mir meine Mutter früher vorgelesen hatte. Der Vogel musste in unmittelbarer Nähe sitzen, denn es war ziemlich laut. Auch die Vielfalt der Töne war erstaunlich, er flötete, tschilpte und trällerte in vielen Strophen und unterschiedlichen Intervallen und schien dabei kaum Luft zu holen. Wie atmeten Vögel eigentlich beim Singen?

»Ich will diesen Laden unbedingt«, sagte Sam.

Ich dachte an meinen Vater. »Ja, natürlich«, sagte ich. »Und du schaffst das auch.«

»Meinst du?«

»Ja, irgendwie wird es schon klappen.«

»Du bist toll«, sagte er und nahm mich in den Arm. Der Geruch seiner Zigarette zog mir in die Nase.

»Willst du nicht mal aufhören damit?«

»Mit dem Rauchen? Warum?« Sam hielt die Zigarette von mir weg, doch der Qualm wehte trotzdem in meine Richtung.

Ich krauste die Nase und versuchte nicht einzuatmen. »Es passt nicht.«

»Wozu passt es nicht?«

»Zu deinen Brötchen, weil die so lecker sind und …« Ich schnaubte. »Das nicht.«

»Na gut«, lachte Sam, warf den Filter auf den Boden und trat die Glut aus. »Ich hab eine Idee. Wenn ich es wirklich schaffe, einen eigenen Laden zu bekommen, höre ich auf.«

»Wirklich?« Überrascht sah ich ihn an. Mein Onkel hatte oft betont, gerne zu rauchen.

»Ja«, sagte er. »Ich habe gemerkt, dass es mir nicht mehr so richtig schmeckt. Seit längerem denke ich darüber nach aufzuhören, aber bisher ist mir keine vernünftige Belohnung eingefallen.«

»Das ist gut«, nickte ich. »Versprochen?«

»Versprochen.«

Sam sah, dass ich fröstelte, und wir gingen wieder rein. Unschlüssig stand er am Esstisch und sah auf die Reste unserer Pizza. »Vielleicht hast du recht«, sagte er, »und es passt wirklich nicht zusammen. Und vielleicht sollte ich auch mehr auf meine Gesundheit achten.«

»Ja«, lächelte ich zufrieden. »Das solltest du.«

Der Zettel

Sam ging, und ich stieg nach oben, um mich zum Schlafen fertig zu machen. Ganz langsam, weil ich es mochte, später ins Bett zu gehen als meine Mutter. Erstens wusste ich dann genau, dass ich nichts verpasste, und sie konnte mich nicht mehr hetzen. Meine Mutter dachte immer noch, ich würde morgens leichter aufstehen können, wenn ich früher schlafen ging. Doch es spielte kaum eine Rolle, am Morgen war ich immer müde, so oder so. Außerdem musste ich es ja schließlich ausbaden, nicht sie. Leider ließ sie das Argument ab zweiundzwanzig Uhr nicht mehr gelten. Der Hebel des Dachfensters knirschte, als ich ihn drehte und ganz weit hochschob. Ich stellte mich in die Fensteröffnung. Über mir spannte sich dunkelblaue Nacht, schwach erleuchtet von einer schmalen Mondsichel und unzähligen Sternenpünktchen. Wo war Matteo? Stand er auf seinem kleinen Balkon und sah auf den Helmholtzplatz, wo wir uns oft getroffen und zusammengesessen hatten? Wo er mich vor drei Monaten einfach so geküsst hatte? Konnte er auch die Sterne sehen, oder wurden sie vom Licht der Stadt verschluckt? Was machte er? Fehlte ich ihm? Ich musste ihm doch fehlen, weil er mir so fehlte. Das konnte doch nicht nur ich allein so schlimm fühlen. Das konnte doch nicht nur mir so weh tun. Das musste er doch auch merken! Oder hatte er mich vergessen? Nachdem er in der Schule wie ferngesteuert an mir vorbeigelaufen war, hatte ich ihn nicht mehr gesehen.

Der Wald hauchte seinen kühl-feuchten Frühlingsatem in mein Gesicht, und die Nachtigall sang unbeirrt gegen die Stille an. Sie schien direkt vor mir zu sitzen, so laut war das Konzert. Wenn Henny das gewusst hätte, hätte sie mir wieder einen Vortrag über ihre Krafttiere gehalten. Wahrscheinlich war die Nachtigall ein Zeichen dafür, dass ich diese Nacht nicht schlafen würde! Ich schloss das Fenster und legte mich ins Bett. Trotzdem hörte ich sie noch. Warum mussten Nachtigallen eigentlich nachts singen? Kurzentschlossen nahm ich mein Handy, füllte meine Ohren mit Musik und forschte nach.

Ich fand im Internet tatsächlich eine Seite für Krafttiere und las, dass die Nachtigall ein Symbol für Melancholie und grenzenlose Liebe sei. Na, das passte ja zur Abwechslung mal! Weiter hieß es, sie würde eine lange gehegte Sehnsucht erfüllen. Erfreut las ich den Satz noch mal. Da stand auch, dass sie, einem alten Volksglauben nach, Botschaften des Liebsten oder einem anderen geliebten Menschen ankündige. Also schickte Matteo mir bald eine SMS? Schlecht klang das jedenfalls nicht, vielleicht taugten Hennys Krafttiere ja doch was? Zumindest tat es für den Moment gut, damit konnte ich entspannt wegdämmern.

Ich wachte auf, weil es in meinem Zimmer taghell war und meine Mutter mich nicht wie sonst geweckt hatte. Nach einem kurzen Blick auf die Uhr fuhr ich aus dem Bett, halb acht! Ich sprang die Treppe runter und riss die Tür zum Schlafzimmer auf. Selig schlummernd lag meine Mutter mit der Nase an ihrem neuen leuchtenden Lichtwecker, dessen Vogelgezwitscherweckton sich mit dem echten Vogelgezwitscher von draußen mischte. Sie hatte nichts mitbekommen, weder vom Licht, weil es ohnehin schon hell war, noch vom Weckton, weil sich alles gleich anhörte.

»Mama!«, rief ich. »Aufstehen, wir haben verschlafen!«

Und dann flitzten wir hektisch umeinander, um so schnell wie möglich aus dem Haus zu sprinten. Meine Mutter brachte mich zum Lio, sonst wäre ich noch später gekommen. Um kurz vor neun platzte ich in den Hauptunterricht und erfuhr gerade noch, dass wir zur Monatsfeier am Wochenende ein Eurythmiestück mit

Kupferstangen vorführen würden. Ausgerechnet das beherrschte ich gar nicht. Und mit meiner kaputten Hand würde es wahrscheinlich überhaupt nicht gehen.

Henny schob mir ihr Heft hin, um zu zeigen, was sie in der Stunde zuvor gemacht hatten, und ich stöhnte leise. An der Waldorfschule gab es, bis auf wenige Ausnahmen, keine Lehrbücher. Wir erstellten unsere Arbeitsmaterialien selbst in verschiedenen Heften, die für Aufsätze, Übungen, Formeln und Aufgaben geführt wurden. Zur Zeit hatten wir Geschichtsepoche, das hieß, wir mussten uns drei Wochen lang jeden Morgen von acht bis zehn mit den Phöniziern plagen, um dann eine Abschlussarbeit darüber zu schreiben.

Als ich sah, wie viele Seiten Henny hatte, winkte ich ab. Ich würde mir ihr Heft lieber leihen und später auf den Kopierer legen. Sie schmunzelte, konnte aber nichts sagen, weil Frau Seiler, unsere Lehrerin, hinter sie trat.

»Sehr schön, Henrike«, nickte sie nach einem prüfenden Blick. »So möchte ich das bitte auch von euch anderen sehen!« Sie hielt das Heft in die Höhe, und Lukas und Sharam stöhnten.

»Was?«, maulte Lukas. »Drei Seiten?«

»Ja, genau, Lukas«, lächelte Frau Seiler. »Drei Seiten. Die schaffst du auch!«

»Sie überschätzen mich«, sagte er. »Maßlos.«

»Wir wachsen alle mit unseren Aufgaben.« Frau Seiler ging zurück zu ihrem Pult. »Wer kann mir sagen, was die Phönizier Wichtiges entwickelten, das sogar heute noch im Gebrauch ist?«

Unsere Lehrerin forschte in einunddreißig ratlosen Gesichtern. »Keiner eine Idee?«

Finn, der zweiunddreißigste, gähnte. »Die Alphabetschrift.«

»Sehr gut!«, rief sie. »Die Phönizier bildeten tatsächlich die erste Form des europäischen Alphabets.«

Kaum hatte es zur Pause geklingelt, zog mich Henny aus der Klasse. »Komm, ich hab was.«

Neugierig folgte ich ihr in die Bücherei. Wir setzten uns an einen freien Tisch am hinteren Ende, der von einem Bücherregal verdeckt war.

»Hier!« Henny legte mir einen vollgeschriebenen Zettel hin und grinste verschwörerisch. Ich überflog die ersten Zeilen, ausländische Namen reihten sich aneinander, gefolgt von Adressen und langen Telefonnummern. Ich sah Henny an. Alle waren aus Istanbul.

»Was hast du gemacht?«, fragte ich und bekam ein unangenehmes Kneifen in der Magengegend.

»Im Netz geguckt.« Henny nahm eine Klemme aus der Tasche und steckte ihre Haare hoch, damit sie ihr nicht ins Gesicht fielen, und ich beschloss auf der Stelle, meine Haare auch wachsen zu lassen. Ich würde zwar nie aussehen wie sie, aber wenn ich lange Haare hatte, sicher besser als jetzt.

»Das hatten wir doch schon.«

»Ja«, sagte Henny. »Aber wir haben nur nach Cengiz Moran gesucht. Den gibt es wirklich nicht.«

»Und wozu dann das alles?« Verständnislos sah ich auf die Liste und lachte auf. »Mem-nune Moran? Wie kann man denn Memnune heißen? Oder Özgülay?«

»Ein bisschen mehr Toleranz bitte, ja?«, schmunzelte Henny. »Schließlich fließt ihr Blut auch in deinen Adern.«

»Aber nicht Özgülays!«

»Aber vielleicht Memnunes!«

»Genau!«, lachte ich. »Und Hayrün ... wie heißt das hier? Hayrünnisas! Die armen Leute, die so heißen!«

»Wieso, in der Türkei ist das doch normal. Doof ist nur, wenn du mit so einem Namen in Deutschland leben musst.«

»Stimmt.« Abrupt hielt ich inne. »Äh, was hast du eben gesagt?«

»Dass es in Deutschland ...«

»Nee, davor«, unterbrach ich sie. »Du hast gesagt, dass ihr Blut ...«

»Genau das müssen wir herausfinden!«

»Du meinst ...«

»Boah, Eve, hast du aber 'ne lange Leitung heute!«

Henny puffte mich in die Seite. »Das hat ja echt gedauert!«

Ich schwieg, weil mein Kopf ratterte wie ein Trecker auf der Autobahn. Warum um Himmels willen war ich nicht selbst darauf gekommen, dass mein Vater ja vielleicht noch Verwandte in Istanbul haben könnte? Daran hatte ich keine Sekunde gedacht. Und jetzt bekam ich eine Gänsehaut, die mich frösteln ließ. Was, wenn Henny wirklich Angehörige meines Vaters gefunden hatte? Meine? Wenn ich wirklich mit einem von ihnen verwandt war?

Das ging mir alles viel zu schnell und viel zu nah, die Namen verschwammen vor meinen Augen zu dunklem Gekrakel, und ich schob Henny den Zettel zurück. »Ich mach das nicht!«

»Hä? Hab ich mich grade verhört?«

Ich schüttelte den Kopf.

»Hey, Schwester, wir rufen da einfach nur mal an, einverstanden?« Henny lachte. »Mehr als uns für verrückt halten und auflegen können die doch nicht.«

Ich tippte mir an die Stirn. »Vergiss es!«

»Aber warum denn? Guck doch mal hier.« Sie wies auf einen Namen am unteren Ende. »Aydın Moran. Stell dir mal vor, das ist deine Oma oder dein Opa oder deine Tante? Wäre das nicht irre?«

»Ja, total«, sagte ich. »Deshalb mache ich's ja auch

nicht. Ich bin doch nicht bescheuert und rufe wildfremde Menschen in der Türkei an. Die wissen nichts von mir, gar nichts, und ich komme flockig daher mit: Hello Mister, I'm your Dingsda? Eher erschieße ich mich!«

»Eve«, beschwor sie mich. »Seitdem ich dich kenne, willst du deinen Vater kennenlernen. Und jetzt haben wir endlich einen kleinen Anhaltspunkt und du kneifst? Kapier ich nicht!«

Wie sollte ich das meiner Freundin erklären? Dieser Angstkloß in meinem Bauch wuchs und wuchs und blähte mich auf wie einen Hefeteig.

»Außerdem«, fuhr sie fort, »wissen wir noch gar nicht, ob irgendeiner von dieser Liste überhaupt was mit ihm zu tun hat. Es gibt schon einige Morans in Istanbul. Vielleicht ist das ein Name wie Meier oder Schulze. Dann wird es eh schwierig.«

»Genau!« sagte ich erleichtert. »Das bringt sowieso nichts!« Alles nur Spinnerei, hallte die Stimme meiner Mutter in meinen Ohren. Wozu sollte das gut sein? Das bringt doch nichts.

»Was ist denn bei dir kaputt?« Henny schüttelte den Kopf. »So redest du doch sonst nicht. Was ist passiert?«

»Nichts«, murmelte ich. »Es ist nur …«

»Du hast Angst!«

»Nee.«

»Klar hast du Angst!«

Ich fixierte das Bücherregal und versuchte die querstehenden Buchtitel zu entziffern, konnte mich aber auf keinen konzentrieren. »Na und? Hättest du keine?«

»Darüber habe ich noch nicht nachgedacht.« Henny zog sich eine Strähne aus dem Dutt und zwirbelte. Als sie am Ende angelangt war, spaltete sie die Spitzen mit dem Daumen und fuhr damit an ihrem Ohr entlang. »Ja, wahrscheinlich wäre es für mich auch schwierig, aber irgendwann musst du dich dem ja mal stellen.«

»Muss ich das?« Zweifelnd guckte ich meine Freundin an. »Und wenn er ein Idiot ist?«

»Warum sollte er ein Idiot sein?«

Ich zuckte die Schultern. »Könnte doch sein.«

»Es könnte aber auch sein, dass er ein Hammertyp ist, der sich vor Freude nicht mehr einkriegt, weil er eine große Tochter hat.«

»Oder mit mir nichts zu tun haben will, weil er erstens schon vier Töchter hat, obwohl er nur Söhne wollte, zweitens vergessen hat, dass er mal was mit meiner Mutter hatte, und drittens ...«

»Und drittens redest du völligen Müll«, beendete Henny meine Spekulationen. »Die ganze Zeit wolltest du und konntest nichts machen, und jetzt kannst du und willst nicht. Mann, Mann, Mann! Ich erkenne dich gar nicht wieder.«

»Ich mich auch nicht«, seufzte ich. »Ist alles so kompliziert.« Es nervte mich, dass ich ständig die Sätze meiner Mutter wiederholte, als hätte ich keine eigenen mehr. Als hätte ich ihre Ansichten verschluckt, die jetzt ihre Wirkung entfalteten und meinen Willen, meine Neugier und meine eigenen Überzeugungen auffraßen.

»Was denn?«, fragte Henny. »Was ist kompliziert? Du hast nur den Nachnamen von deinem Vater erfahren und weißt, wie sich deine Eltern kennengelernt haben, mehr nicht. Und du machst schon ein Theater, als müsstest du morgen nach Istanbul …«

Ihre Worte flogen vor mir auf wie verschreckte Vögel, und irgendetwas machte *Zinnng* in der Vertiefung unter meinem Brustbein. Aus ihren Augen sprühten silbrige Funken, die als kleine Frostbeulen auf meinem Arm landeten. Verblüfft starrten wir uns an.

»Wow!«, flüsterte Henny. »Was war das?«

»Ich hatte ein ziemlich komisches Gefühl«, sagte ich.

»Ich auch, aber …«

Bevor sie weitersprechen konnte, straffte ich mich energisch. »Ist ja auch egal. Ich muss jetzt los.«

»Na gut, dann nicht.« Henny atmete geräuschvoll aus. »Wo willst du hin? Wir haben gleich Sport.«

»Zum Arzt«, antwortete ich. »Und zur Krankengymnastik, damit ich meinen Finger irgendwann noch mal benutzen kann. Sport kann ich eh nicht mitmachen.«

»Du Glückliche«, schnaufte sie. »Wir machen heute Hundertmeterlauf.«

»Gibst du meine Entschuldigung bei Tremann ab?«

»Ja, klar. Hier, nimm das mit.« Henny lächelte und schob mir erneut den Zettel hin. »Und denk noch mal drüber nach, ja?«

Ich steckte ihn ein und nickte.

»Eve?«

»Hmm?«

»Ich will auch so was Aufregendes!«

»Und ich will einen Vater, so wie du ihn hast.«

Im Flur kamen mir Marlene und Natalie entgegen, die Henny suchten. Ich zeigte hinter mich zur Bücherei und wollte schon weitergehen, als Natalie mich heranzog und flüsterte: »Matteo hat die Schule gewechselt.«

»Nein!«, entfuhr es mir. »Warum?«

»Was ist los?« Marlene sah zwischen ihr und mir hin und her, doch zu Marlenes Ärger winkte Natalie ab. »Nichts.« Mir machte sie ein Zeichen, dass wir später reden würden.

Ihr Bruder war mit Matteo in einer Klasse, und ich konnte sie nicht ausfragen, weil ich keine Zeit mehr hatte. In zehn Minuten musste ich beim Arzt sein, und später war ich nicht mehr da!

Während ich die Weinmeisterstraße hinunterlief,

versuchte ich eine triftige Erklärung dafür zu finden, dass Matteo gegangen war. Das konnte doch nichts mit mir zu tun haben, oder? Warum hatte er mir nichts von seinen Plänen erzählt? Hatte er so wenig Vertrauen in mich gehabt? War ich ihm so egal gewesen, dass er mir derart wichtige Dinge nicht sagen wollte?

Ich wusste, dass Matteos Vater grundsätzlich nichts von Waldorfschulen hielt, weil er der Meinung war, dass man da nichts lernte, doch seine Eltern waren getrennt, und Matteo lebte bei seiner Mutter, die unsere Schule klasse fand. Mit einem anderen Mann hatte sie eine achtjährige Tochter, die ebenfalls bei uns war.

Matteo hatte sich oft über seine Mutter beschwert, weil sie immer alles über ihn wissen wolle, wie er sagte, und dass er darüber nachdächte, bei seinem Vater zu leben. Sicher war es so gewesen. Sein Vater hatte ihn überredet, auf ein Gymnasium zu gehen. Shit! Jetzt würde ich ihn gar nicht mehr sehen. Meine vage Hoffnung, dass wir vielleicht doch irgendwann noch mal eine Chance haben würden, löste sich in schalem Nichts auf. Ich drückte auf den Summer, und die Tür schwang auf. Weil der Fahrstuhl in einer der oberen Etagen hing, nahm ich die Treppe.

Natürlich fragte ich mich auch, woher Natalie wusste, dass Matteo und ich nicht mehr zusammen waren. Außer Henny wusste es keiner, und sie hatte es ihr bestimmt nicht erzählt. Sie musste es von jemand anderem erfahren haben.

Ich war so in Gedanken vertieft, dass ich erst wieder aufwachte, als Doktor Hunte vor mir saß, meinen Verband löste und die Wunde begutachtete.

»Na, das sieht doch super aus!«, lächelte er und schnitt vorsichtig die Fäden mit einer kleinen Schere durch. Dann zupfte er sie mit einer Pinzette aus meinem Finger. Sie waren teilweise schon eingewachsen und es ziepte, doch der Schmerz lenkte mich von meiner Grübelei ab.

»Gleich geschafft«, sagte er. »Nur noch die zwei.«

Ich atmete auf, als der letzte Faden raus war.

»Beweg mal den Finger, aber langsam.«

Es ging. Es tat zwar weh und fühlte sich immer noch etwas taub an, aber es ging. Sachte piekte der Doktor in meine Fingerkuppe.

»Au!«

»Gut so, du hast Gefühl im Finger.« Er legte die Pinzette beiseite. »Wann gehst du zur Krankengymnastik?«

»Jetzt gleich«, sagte ich.

»Prima«, sagte er, »dann sehen wir uns in zwei Wochen zur Nachkontrolle. und du machst bis dahin fleißig Fingerübungen, in Ordnung?«

»In Ordnung.«

»Schön!« Doktor Hunte klopfte mir auf die Schulter und wandte sich an die Sprechstundenhilfe. »Sie können Evelyns Finger verbinden, ein kleiner Verband reicht.«

Die nächste Stunde verbrachte ich im Wartezimmer der Krankengymnastik, nur um nach knapp zehn Minuten Behandlung fertig zu sein. Die Therapeutin erklärte mir, dass wir die ersten Male sehr vorsichtig vorgehen müssten, um den Heilungsprozess nicht zu gefährden. Mir war das recht, nach dem ganzen Gezuppel und Gebiege war ich froh, meinen Finger wieder stillhalten zu können. Danach schlenderte ich durch die Rochstraße zur S-Bahn-Station am Alex, die nächstgelegene Haltestelle. Ich hatte keine Eile, nach Hause zu kommen. Meine Mutter war ohnehin nicht da, sie hatte Sitzung und würde erst am späten Abend zurück sein. Die Cafés hatten ihre Tische und Stühle nach draußen gestellt, und überall saßen Leute in der Sonne, tranken Kaffee, rauchten oder aßen. Mein Blick fiel auf einen Jungen im Blaumann, der in sein Handy vertieft war und gleichzeitig versuchte, aus einem Glas Orangensaft zu trinken. Als er sich dabei den Trinkhalm ins Auge stach, musste ich lachen, und er guckte zu mir. Er war älter als ich und hatte ein bisschen was von Matteo, mit seinen braunen Haaren und den leicht schrägstehenden Augen. Ich wusste nicht, ob er sich schämte und deshalb so schnell wegguckte oder ob er mich einfach nur doof fand. War sowieso egal. Alles war egal.

Ich ging die Dircksenstraße entlang zur Station und sah auf der Anzeige, dass meine Bahn in sechs Minuten abfahren würde. Auf der gleichen Anzeige stand die U2, die ich genommen hätte, wenn ich zu Matteo gefahren wäre. In einer Minute.

Zwanzig Sekunden später stand ich am Gleis und drückte auf den grün blinkenden Türöffner. Ich dachte, dass jeder an meiner Halsschlagader ablesen konnte, wie es mir ging, doch niemand beachtete mich. An der Eberswalder stieg ich aus, rannte die Treppe runter und setzte mich an die Haltestelle der M10. Trotz der milden Temperaturen fror ich auf dem metallenen Drahtsitz. Ich schlug die Beine übereinander, und das obere wippte unaufhörlich, so dass ich es am liebsten um das andere gewickelt hätte, zur Beruhigung. Ich konnte immer noch zurück. Ich brauchte nicht in die Bahn steigen. Ich sollte das nicht tun. Aber ich musste. Als die M10 hielt, wartete ich, bis die Leute ausgestiegen waren, und schob mich an einer Oma vorbei in den Wagen. Sie murmelte irgendwas Unfreundliches über Ausländer, und ich dachte, dass das nicht gut war, dass ich gleich wieder aussteigen sollte, zurückfahren, aufgeben, loslassen. Und dann fuhr ich doch bis zur Husemannstraße, sprang aus der halbgeöffneten Tür und sauste über die grüne Ampel in die Dunckerstraße, bevor mein Gefühl und mein Verstand meine Beine erreichen und mich unweigerlich in die entgegengesetzte Richtung tragen würden. Nur noch fünfhundert Meter. Fremde Gesichter wischten unerkannt an mir vorbei. Es war ihnen egal, dass ich durch diese Straße lief, ohne Verabredung, ohne Einladung, ohne dass mich jemand erwartete oder sehen wollte, einfach so. Niemand fand es seltsam. Nur ich. Niemand sagte, fahr nach Hause, Eve, hier gibt es nichts zu gucken, du hast hier nichts verloren.

An der Apotheke bog ich links ab und verlangsamte meine Schritte, das Haus war nur noch einen Steinwurf entfernt. Zaghaft hob ich den Kopf zum Balkon im ersten Stock und atmete erleichtert auf, weil er leer war. Nur sein Longboard hing wie immer draußen am Haken. So vertraut, dass es mich noch einsamer machte. Alles war wie immer, nur ohne mich. Weil ich keine Rolle für ihn spielte. Ich wollte nicht nach rechts zum Helmholtz gucken, zu unserer Bank, doch mein Blick riss sich einfach los und verschlang den ganzen Platz auf einmal. Wo war er?

Kinder liefen hordenweise quietschend umeinander, fuhren mit ihren Bobbycars alten Leuten in die Hacken, ihre Mütter standen zu Latte-macchiato-Grüppchen zusammen, ein paar Penner saßen bierselig neben ihren Hunden, und ich wusste nicht, ob ich Matteo unbedingt oder auf gar keinen Fall sehen wollte.

Auf unserer Bank war er jedenfalls nicht. Da saß ein älteres Paar und rauchte. Ich ging zur Haustür, lehnte mich ans Holz, wie ich es immer gemacht hatte, nach dem Klingeln. Und wartete, als hätte ich gerade geklingelt, als würde er gleich auf den Türöffner drücken, damit ich reinkonnte, als wäre es wie immer.

Zu mir hatte Matteo nie gewollt. Ganz zu Anfang war er ein paar Mal nach der Schule mitgekommen. Aber danach nicht mehr. Wenn wir uns trafen, dann hier. Mir war das recht gewesen, weil ich auch nicht gern da draußen war. Und schon gar nicht, nachdem Matteo so schräg geguckt hatte, als er erfuhr, dass wir zuvor in den Hackeschen gewohnt hatten. So, als müsste man ja die totale Ratsche haben, eine Wohnung in den Hackeschen aufzugeben, um nach Lichterfelde zu ziehen. So bekloppt war kein Mensch.

Als ich Stimmen im Treppenhaus hörte, sprang ich von der Tür weg und sah mir das Schaufenster des Nachbarhauses an, doch es war nur eine Mutter mit ihrem Kind, das auf seinem Laufrad davonfuhr. Ich wechselte die Straßenseite, ging quer über den Platz auf die Häuserzeile der Lettestraße zu und hatte den Helmholtz schon hinter mir, als meine Knie weich wurden. Es war nur eine winzige Bewegung, eine Geste, die mir vertraut schien, noch bevor mein Hirn sein grelles Licht einschaltete und den Alarm ausrief.

Matteo saß in einem Café direkt gegenüber und hatte sich die Haare aus dem Gesicht gestrichen, um das Mädchen neben sich zu küssen, so wie er es auch bei mir oft gemacht hatte. Sie hatte lange blonde Haare, und ich musste sofort an Henny denken, doch als er sich von ihr löste, sah ich, dass sie es nicht war. Ich wäre gestorben, wenn es Henny gewesen wäre. Aber auch so reichte es, mein Herz zum Stillstand zu bringen. Es schlug nur noch in Zeitlupe, als wollte es damit verhindern, dass ich gegen den nächsten Baum lief. In einer wahnsinnigen Anstrengung drehte ich mich um und ging davon, obwohl ich mich auf ihn stürzen und ihm jedes seiner beschissenen Haare einzeln ausreißen wollte. Damit er sie nie wieder wegstreichen und nie wieder mit dieser Geste eine andere küssen konnte. Meine Bewegungen wurden steif und hart vor Hass, gegen ihn, gegen mich. Ich drückte die Knie ruckartig durch, bis es knackte und ich beinahe gestürzt wäre. Ein Junge grinste mir entgegen, und ich dachte, dass mich dieses Grinsen verhöhnen sollte. Siehst du, du gehörst nicht hierher! Du hast hier nichts verloren!

»Doch«, pöbelte ich den Jungen an. »Doch, genau hier habe ich was verloren!«

»Schon gut!«, rief er erschrocken und hielt mich bestimmt für völlig meschugge. »Ja, du hast hier was verloren, ich hab's kapiert!«

Je schneller ich versuchte, die Haltestelle zu erreichen, umso zäher wurden meine Schritte, und die Dunckerstraße führte endlos um die Welt.

Die Brücke

Die Bahnen kamen eine nach der anderen, ohne dass ich warten musste, die Menschen waren freundlich zu mir, ließen mich durch, lächelten. Ein Kontrolleur nickte nur, als ich ihm meine Fahrkarte hinhielt, obwohl das Datum auf dem Schulstempel abgelaufen war und erneuert werden musste, um gültig zu sein.

Alle schienen Rücksicht auf mich zu nehmen, als wäre ich zerbrechlich wie ein rohes Ei. Als dürfe man mit mir nur sehr sanft und vorsichtig umgehen, weil ich selbst einen ernsten Blick nicht ertragen würde. Vielleicht war es auch so. Ich ließ mich nach Hause treiben, floss mit dem Strom und hoffte, darin zu ertrinken. Einfach so, irgendwo auf halber Strecke abzusaufen.

Vor unserer Tür saß Momper und maunzte. Ich setzte mich neben ihn und strich über seinen weichen Kopf, den er zärtlich an mein Knie stieß. Wieder und wieder. Schnurrend scharwenzelte er um mich herum, bis es erträglich wurde. Dann setzte er sich aufrecht hin, legte den Schwanz um seinen Körper und begann sich zu putzen. Momper verstand mich besser als jeder andere. Er stupste den Kummer aus mir heraus und putzte ihn mit seiner kleinen rauen Zunge weg. Für Momper war ich nicht zu anhänglich, sondern genau richtig.

Vielleicht lag es ja auch gar nicht an mir, dass es mit uns nichts geworden war? Vielleicht lag es ja an ihm? Vielleicht war er nicht in Ordnung? Blöd nur, dass es mir weh tat und ihm nicht. Dass ich immer noch mit ihm zusammen sein wollte, trotz allem, er aber eine andere wollte.

Ich schloss die Tür auf, warf meine Tasche in die Garderobenecke, zog Schuhe und Jacke aus, ließ alles auf dem Boden liegen und ging rauf in mein Zimmer. Der Hängestuhl schwang hin und her, weil ich das Fenster offengelassen hatte und der Wind ungehindert hereinfuhr.

Als ich mich aufs Bett setzte, piekte etwas in meiner Hosentasche. Es war der Istanbulzettel. Ich zog ihn heraus und strich ihn glatt. Das auch noch. Geschwächt lehnte ich mich gegen mein Kissen und schloss die Augen. Das Atmen fiel mir schwer. Schmerz kochte in meinen Adern und verdampfte in meinem Gesicht. Warum passierte das? Warum mir? Warum musste ich ich sein? Warum konnte ich nicht Henny sein? Die schöne Henny, die jeden Jungen haben konnte, den sie wollte, und die alle wegschickte, weil sie keinen Bock auf sie hatte. Auf keinen von ihnen. Henny, die Eltern hatte, die sich immer noch liebten, obwohl sie schon zwanzig Jahre zusammen waren. Warum hatte ich so was nicht? Und warum wurde alles immer noch schlimmer?

Seitdem mich Matteo verlassen hatte, rollte eine Lawine an üblen Ereignissen über mich hinweg. Erst der Schnitt, die OP, der Streit mit meiner Mutter, Hennys eigenmächtige Schnüffelei im Internet, Matteo, der nicht nur mich, sondern auch gleich unsere Schule gegen eine andere eingetauscht hatte, und dann dieser Haufen Adressen aus einer Stadt, deren Bezirke ich nicht einmal richtig aussprechen konnte. Was würde als Nächstes kommen? Wann hörte das wieder auf? Hörte es überhaupt je wieder auf?

Die Informationen über meinen Vater hatten mir nichts gebracht. Überhaupt gar nichts. So sehnlichst ich sie mir gewünscht hatte, so wenig konnte ich nun damit anfangen. Nichts war dadurch leichter geworden, im Gegenteil. Es war komplizierter als je zuvor. Was sollte ich tun? Selbst wenn sich hinter einem der Namen wirklich jemand verbarg, der mit meinem Vater verwandt war, was nützte mir das? Dieser Jemand wusste genauso wenig von mir wie mein Vater. Ich war für ihn und alle anderen gar nicht vorhanden.

Das wäre sogar in Deutschland verdammt kompliziert, selbst wenn mein Vater Deutscher gewesen wäre, hätte ich mich nie getraut, irgendwo anzurufen und mich vorzustellen. »Hallo, ich bin deine Tochter«, oder siezte man in diesem Fall? »Ich bin Ihre Tochter?« Das ging doch nicht.

Trotzdem langte ich ans Fußende des Bettes, zog den Rechner zu mir heran und gab *Telefonbuch Istanbul* ein. Nach ein paar Klicks landete ich auf einer blauweißen Seite, der türkischen Telekom. Aufs Geratewohl setzte ich in ein Feld den Namen *Moran,* darunter den verdrehten Buchstabencode und drückte auf eine Fläche, von der ich dachte, dass es *Suchen* heißen könnte. Ein Feld blinkte rot, ich gab das Gleiche noch mal ein und drückte auf den anderen Button. Augenblicklich füllte sich der Bildschirm mit Namen, Adressen und Telefonnummern. Sesam, öffne dich.

Obwohl es die gleichen Namen wie auf dem Zettel waren, lief mir ein Schauer über den Rücken. Da waren wirklich irgendwo Menschen, die so hießen wie mein Vater. Meine Hand zitterte, als ich das Papier noch einmal glattstrich.

Eins stand jedenfalls fest, von allein würde keiner dieser Namen lebendig werden. Es hing von mir ab.

Nur von mir. Wenn ich den Mut aufbrachte, die Suche nach meinem Vater zu beginnen, würde ich möglicherweise auf jemanden treffen, der etwas wusste. Möglicherweise auch nicht, aber das würde ich natürlich erst hinterher wissen. Wenn ich schon mutig gewesen war. Nur jetzt gerade fühlte ich mich alles andere als mutig.

Ziellos klickte ich hierhin und dorthin und landete bei meinem Lieblingssong *Waves* von Mr Probs. Nachdem ich ihn neunmal gehört hatte, konnte ich zumindest wieder atmen.

Ein kleines Tuckern in der Herzgegend und ich ertappte mich dabei, wie ich *Istanbul* eingab. Überall ploppten Videos auf. Ich entschied mich für ein kurzes. Still saß ich davor, flog mit der Kamera über den Bosporus, spähte in den überfüllten Basar und folgte dem Sprecher ins Nachtleben. Es war ein gutaussehender Türke, der akzentfrei Deutsch sprach. Vielleicht war er aber auch Deutscher, der wie ein Türke aussah? Egal, mir wurde dabei nur bewusst, dass Matteo nicht der einzige hübsche Junge auf der Welt war, wie ich die letzten Monate geglaubt hatte. In der nächsten Einstellung wurde der Topkapı-Palast gezeigt und ein offensichtlich berühmter Turm, dessen Namen ich sofort wieder vergaß.

Der Sprecher schwieg, denn im Hintergrund erscholl der Muezzin, nein, viele, sehr viele Muezzine, die aus verschiedenen Richtungen ihre Gebete über die Stadt streuten. Manche klangen schön, manche einfach nur laut und krächzig, und ich fragte mich, warum sie nicht ein paar weniger ausrufen ließen. Nur die, die es wirklich gut konnten. Und sie zumindest so weit voneinander entfernten, dass sie sich nicht gegenseitig Konkurrenz machten. Trotzdem hörte ich bis zum Schluss zu. Ein Einziger blieb übrig, dessen Ton sich in meinen Ohren einnistete. Dieser Stimme hätte ich ewig lauschen können. Sie war sanft und warm, einladend und freundlich wie … Die Kamera schwenkte auf einen alten Mann, der an der Straße Holzlöffel verkaufte, und mir zog es das Herz zusammen. Was, wenn das mein Großvater war? Wenn er auch so ein armer alter Straßenhändler geworden war? Daran wollte ich nicht denken.

Ich startete das nächste Video, das sich als Musikclip entpuppte. Die Frau sah aus wie eine amerikanische Sängerin, mit bauchfreiem Top, schmaler Hose und langer Mähne. Sie zog zwar die Endungen der Worte etwas jammerig in die Länge, aber je mehr ich ihr zuhörte, umso besser gefiel es mir. Sie sang mit echter Sehnsucht, bestimmt von Schmerz und Liebe und hatte trotzdem einen Rhythmus, nach dem man tanzen konnte. Ich schickte den Link an Henny, und eine Minute später klingelte mein Telefon.

»Was hörst du denn für schräges Zeugs?«, lachte sie.

»Die stand auf dem Zettel«, sagte ich. »Selber schuld!«

»Hast du schon jemanden angerufen?«

»Natürlich nicht!«, schnaubte ich. »Mache ich auch nicht. Nie im Leben!«

»Soll ich's machen?«

»Spinnst du? Nein!«

»Komm schon! Mir ist es egal, und wenn ich was erfahre, sag ich es dir. Okay?«

»Wenn du das machst, Henny«, drohte ich. »Wenn du das machst, dann …«

»… bist du nicht mehr meine Freundin?«, vollendete Henny. »Killst du mich?«

»Dann sage ich deiner Mutter, dass du kiffst!«

»Bist du bescheuert?«, fuhr sie mich an. »Ich versuche dir zu helfen, und was machst du?«

»Ich sage deiner Mutter die Wahrheit.«

»Na, schönen Dank auch! Wenn man dich hat, braucht man keine Feinde mehr!«

»Dann provozier mich nicht!«

»Was läuft eigentlich schief bei dir?« Hennys Ton wurde scharf. »Hab ich dir irgendwas getan? Hat Matteo eine andere, oder was ist los?«

Meine Augen flossen über, als hätten sie nur darauf gewartet, dass sein Name fiel. Ich wischte unter ihnen entlang und schluckte angestrengt, in der Hoffnung es vor Henny verbergen zu können.

»Also«, zeterte sie ungeduldig, »was ist los, verdammt nochmal?« Eigentlich wollte ich sie wegdrücken, mich verstecken, unsichtbar und nicht vorhanden sein, wie für meinen Vater. Doch es ging nicht.

»Ja«, schluchzte ich leise. »Ja.«

Henny schwenkte sofort um. »O Mann, Eve, entschuldige! Das hab ich doch nicht gewusst! Ich hab das nur so dahin gesagt … Mist! Es tut mir so leid!«

Wir schwiegen. Eine Träne tropfte genau auf das Loch an meinem Knie, und Hennys schlechtes Gewissen schlich durchs Telefon.

»Blödes Arschloch.«

Ich schniefte.

»Der hat dich gar nicht verdient.«

Ich reckte mich zu meinem Nachttisch und griff nach dem Päckchen mit Papiertaschentüchern.

»Das wird er noch bereuen, ich schwöre, der bereut das noch, dieser Obertrottel.«

Ich zog ein Taschentuch heraus.

»Der ist es nicht, Eve. Vergiss ihn, ja? Bitte!«

»Lass gut sein, Henny. Matteo will mich einfach nicht, so sieht's aus.«

Sie sagte nichts, weil wir beide wussten, dass ich recht hatte.

»Trotzdem ist er ein Arschloch.«

»Riesenarschloch«, trötete ich durchs Taschentuch.

»Woher weißt du das mit der anderen?«

»Ich war am Helmholtz, da saßen sie.«

»Aber warum bist du denn da hin?«

»Weiß nicht. Einfach so, glaub ich.«

»So was würde ich mich nie trauen«, gab Henny zu, »weil ich genau davor Angst hätte.«

»Du weißt doch, wenn's Scheiße regnet, schmeiße ich den Schirm weg.«

»Du bist die Härte, Eve!«, lachte Henny. »Die absolute Härte!«

Es klopfte, und meine Mutter steckte den Kopf zur Tür herein.

Als sie sah, dass ich telefonierte, winkte sie nur, und ich machte ihr ein Zeichen, dass ich gleich runterkommen würde.

Aus irgendeinem unerfindlichen Grund ging es mir jetzt besser.

»Ich muss Schluss machen«, sagte ich. »Meine Mutter ist da.«

»Okay«, seufzte Henny. »Kann ich morgen wenigstens mit zu dir?«

»Hmm.«

»Bei … dir … übernachten?« Ich konnte ihre Wimpern bittend klimpern hören. »Vielleicht?«

»Sonst noch'n Wunsch?«

»Ja, einen Eimer Popcorn, süß natürlich, und drei Tüten Chips. Und den neuen Film mit Zac Efron.«

»Aber nur, wenn du mich nicht wieder vollsülzt.«

»Okayokayokayokay«, leierte sie hastig. »Aber du bist wieder lieb, oddaaa?«

»Wahrscheinlich«, grunzte ich. »Tschüs!«

Eigentlich wollte Henny noch etwas sagen, doch ich drückte sie weg. Wie konnte ein einziger Mensch nur so viel reden?

Meine Mutter hatte Tomaten-Zwiebel-Salat gemacht, den ich zwar mochte, aber natürlich nicht essen konnte, ohne morgen bei der Monatsfeier mörderisch zu stinken.

»Ach, das habe ich ja ganz vergessen«, sagte sie bedauernd. »Soll ich dir schnell was anderes machen?«

»Nein.« Ich schüttelte den Kopf. »Kannst du mir nur zwei Scheiben Brot schneiden?«

»Ja, sicher. Wie war es denn beim Arzt? Hat er die Fäden gezogen? Und was hat er gesagt?«

Während ich erzählte, nahmen wir die Sachen aus dem Kühlschrank und deckten den Tisch. Meine Mutter war erleichtert, dass die Heilung meines Fingers gut verlief, und ich stellte überrascht fest, dass sie wirklich daran interessiert war. Ja, zum ersten Mal überhaupt schien sie Interesse an mir zu haben. So als wäre ihr erst in den letzten Tagen klargeworden, dass ich nicht nur ihr Ableger war, für den sie zu sorgen hatte, sondern eine eigene Persönlichkeit besaß. Zum ersten Mal schien sie tatsächlich bei mir zu sein. So deutlich hatte ich das noch nie gespürt. Nicht mal, als sie nach dem Unfall in die Klasse kam, oder beim Arzt, als ich solche Schmerzen hatte. Es war ungewohnt, aber nicht unangenehm. Es tat gut.

In dieser Stimmung gelang mir dann auch die Frage, die ich seit Hennys Liste mit mir herumtrug.

»Hast du eigentlich mal nach anderen Morans in Istanbul geguckt?«

Prüfend sah mich meine Mutter an. »Und du?«

»Ja.«

»Ich auch.«

»Hast du dich bei einem von ihnen gemeldet?«

»Nein.« Meine Mutter griff nach einem Löffel. »Ich hatte es überlegt, dann aber doch gelassen.«

»Warum? Weil sie dich nicht kannten?«

»Vielleicht.« Sie rührte Sojajoghurt in ihr Müsli. »Aber ich glaube eher, weil ich nicht auf seine Eltern treffen wollte, die mich ja von vornherein abgelehnt hatten. Oder weil ich vielleicht auf ihn treffen könnte und er sich nicht mehr an mich erinnerte, und wenn, dann mit einem schlechten Gefühl, so wie es eine Zeitlang auch bei mir gewesen war. Ich wollte mich nicht aufdrängen. Keinem von ihnen.«

»Aber ihr habt ein Kind zusammen.« *Ein Kind* hatte ich gesagt. Und in der Gegenwart. *Ihr habt*, nicht *ihr hattet*. Ihr habt. Und es ist da. Das bin ich. Ich bin da. Hier. Vor dir.

»Ja«, sinnierte meine Mutter. »Wir haben ein Kind.« Damit tauchte sie ab. Während sie langsam die Schale abstellte, senkte sich ihr Blick ins Müsli, als wäre zwischen Rosinen, Nüssen und Amarant eine lange gesuchte Antwort verborgen. Ihr Widerstand, über diese Dinge zu sprechen, war deutlich schwächer geworden, trotzdem wollte ich es nicht überreizen, indem ich noch weiter in sie drang. Ich hätte ihr gern Hennys Liste gezeigt und sie gefragt, ob sie diese Namen auch gefunden hatte, was sie davon hielt und ja, möglicherweise sogar, ob sie sich heute trauen würde anzurufen. Mit dem Messer ritzte ich eine kleine Kerbe ins Holzbrett.

»Das bringt doch alles nichts mehr, Eve«, seufzte meine Mutter plötzlich. »Es ist zu spät. Wollen wir es nicht einfach dabei belassen, bevor noch Dinge geschehen, die wir nicht steuern können?«

Sie sah mich an. »Oder bevor es schmerzhaft wird?«

»Das ist es doch schon, solange ich denken kann, Mama«, sagte ich. »Es tut doch immer weh. Jeden Tag.«

»Wirklich?«

»Ja.«

»Warum hast du mir das nicht gesagt?«

»Das habe ich, aber du wolltest es nicht hören.«

»Aber so hast du es mir nie gesagt.«

»Ich war zu klein.« Meine Lippen zuckten. »Ich konnte es nur auf meine Weise.«

Eine fremde Katze huschte über unsere Terrasse und sah mit funkelnden Augen zu uns herein. »Außerdem habe ich es eben erst gemerkt.«

Ein Abgrund tat sich vor mir auf. Wie in meinem Traum, nur dass niemand auf der anderen Seite saß. Ich war ganz allein und starrte in die Tiefe, aus der mein Schmerz in dicken Schwaden aufstieg. Warum hatte ich das nie gesehen, nie bemerkt, wie dicht und kraftvoll er war? Wie hatte ich das ignorieren können? Weil er mich zu jeder Zeit begleitet hatte? Weil ich so an ihn gewöhnt war und er überall gleichmäßig weh tat? Sieh mich an, schien der Schmerz zu sagen. Ich bin ein Teil von dir. Ich war immer da. Ich habe dich gerufen, doch du bist nicht gekommen. Sieh mich endlich an. Ich schloss die Augen.

Es war kein böser Geist, der mich mit seiner hämischen Fratze zu Tode erschreckte, wie ich befürchtet hatte. Der Schmerz war warm und freundlich, er durchströmte mich wie flüssiges Gold. Er schien mich zu beruhigen und zu ermuntern. Tu es, schien er zu sagen, ich begleite dich. Mach nur den ersten Schritt.

Ich straffte mich. Ein Schritt. Nur ein einziger Schritt. Vor mir die Tiefe. Ich würde einen Schritt nach vorne gehen. Einfach so. Ins Nichts. Ich würde einen mutigen Schritt nach vorne machen, und irgendetwas würde mich halten. Hoffentlich.

»Und was jetzt?«, fragte meine Mutter.

»Jetzt tun wir es«, sagte ich, und meine Stimme flatterte ein wenig. »Wir suchen ihn.«

Mein ganzes Leben in drei Worten. Wir suchen ihn. Ich erwartete eine kategorische Weigerung, ein entsetztes *Niemals!* oder einen erneuten Zusammenbruch, damit ich aus Mitleid aufgab, wie so oft. Doch es war anders. In Gedanken machte ich weitere Schritte, und wie von Zauberhand legte sich ein Brett ans andere, baute eine Brücke für mich. Von hier nach da. Ich ging weiter. Und weiter.

»In Ordnung«, flüsterte meine Mutter, beugte sich zu mir herüber und nahm mich in den Arm. »In Ordnung, meine Schnecke.« Und dann teilten wir ein paar stille Tränen miteinander, bis der Abgrund nicht mehr ganz so tief war und die Schwaden nicht mehr ganz so dicht. Vielleicht empfand meine Mutter doch mehr für mich, als sie bisher gezeigt hatte. Vielleicht sogar ein wenig Liebe. Und ich war stolz wie nie zuvor. Ich hatte mich auf den Weg gemacht, ohne zu wissen, ob es mich nicht doch hinabreißen würde. Ich war mutig gewesen. Sehr mutig. Es hatte alles seinen Sinn. Nichts war egal. Gar nichts.

Der Auftritt

Am nächsten Morgen wurde ich von Kuchenduft geweckt, obwohl es erst sieben Uhr war und Samstag dazu. Ich hatte eine traumlose und entspannte Nacht hinter mir und freute mich auf die Monatsfeier, trotz unserer Eurythmienummer, die ich kaum beherrschte. Eigentlich sollten Monatsfeiern an jeder Waldorfschule jeden Monat stattfinden, sagte ja schon der Name. Ich kannte jedoch keine, an der das klappte. Bei uns konnten Monatsfeiern nur etwa drei- bis viermal im Jahr organisiert werden, weil der Aufwand einfach zu groß war. Denn daneben gab es noch einige andere Veranstaltungen wie Sommer- und Winterfest, Klassenspiele und Jahresarbeiten, die sich auch an die ganze Schulgemeinschaft richteten. Für die Monatsfeier arbeitete fast jede Klasse etwas aus, das dann an einem Vormittag den Mitschülern und am darauffolgenden Wochenende den Eltern vorgeführt wurde. Meistens war irgendein überraschender Auftritt dabei, weil natürlich kaum jemand wusste, was die anderen machten.

»Morgen.« Als ich in die Küche kam, zog meine Mutter gerade fertige Mini-Guglhupfe aus dem Backofen. In Nachthemd und geringelten Socken. »Guten Morgen! Hier, für eure Klasse. Nach der Monatsfeier.«

»Danke«, sagte ich überrascht. »Wann bist du denn aufgestanden?«

»Um halb sechs.« Sie stellte das Blech auf den Tisch und strich sich die Haare aus dem Gesicht. »Konnte nicht mehr schlafen.«

»Warum?«, gähnte ich. »Ich hab super geschlafen.«
»Du Glückliche! Ich bin irgendwie unruhig.«

Ob unser Gespräch von gestern Abend der Grund für ihre Schlaflosigkeit gewesen war? Wahrscheinlich war meiner Mutter erst später klargeworden, worauf sie sich da eingelassen hatte.

»Wann müssen wir in der Schule sein?«, fragte sie.
»Spätestens um neun. Halb zehn geht's los.«
»Ist gut. Dann ziehe ich mich jetzt an, und wir können frühstücken.«

Eine Stunde später saßen wir im Auto, ich mit einer Tupperbox voller Guglhupfe auf dem Schoß.

Am Nachmittag würden wir unsere Suche beginnen. Meine Mutter und ich. Obwohl sie es mir versprochen hatte, konnte ich es noch nicht recht glauben. Es erschien mir plötzlich so seltsam einfach, als hätte es die unzähligen Jahre ihrer Verweigerung nicht gegeben.

Wirklich erklären konnte ich mir ihren Umschwung nicht, aber er musste etwas mit mir zu tun haben.

Die Fahrt ging heute schnell, es gab kaum Stau, und die Straßen waren verhältnismäßig leer. Trotz Wochenende und vieler Touristen, die es regelmäßig nach Mitte zog. Meine Mutter bog in die Gipsstraße ein und parkte vor meinem Lieblingsladen STAB. Er gehörte Howie, einem netten Farbigen, der mir die Sneaker aus der letzten Saison oft günstiger verkaufte. Als er uns erkannte, winkte er hinter seinem Tresen. Ich winkte zurück. Wie schön war das gewesen, als wir noch ums Eck gewohnt hatten!

Vor der Aula ließ ich meine Mutter bei den anderen Eltern stehen und lief ein Stockwerk höher zu unserem Klassenraum, in dem wir uns treffen wollten.

»Oh, das wäre doch nicht nötig gewesen!«, rief Lukas und schnappte gleich nach der Box. Ich schlug ihm auf die Finger. »Ey, nicht so hastig, ja? Die sind für später.«

»Ich brauch aber vorher 'ne Stärkung«, sagte er und zeigte auf seinen dürren Körper. »Bin schon total geschwächt.«

»Bei dir nützt das sowieso nichts«, gab ich zurück. »Weniger rauchen, mehr essen, würde ich vorschlagen.«

»Ja, Mutti«, ketzte er. »Wenn du mich mal lassen würdest …«

»Also, ich könnte auch ein paar vertragen«, meldeten sich Sharam und Pascal, und Daniel nickte eifrig dazu.

»Ihr nervt so«, meckerte ich und drehte mich zu Marlene, Clara und Natalie um. »Wo ist Henny?«

»Noch nicht da«, sagte Natalie und ließ sich von mir am Ärmel ziehen.

»Kommst du mal?«

Marlene stand der Frust wieder deutlich ins Gesicht geschrieben, weil sie nicht hören sollte, worum es ging. Aber auch Clara sah etwas verwirrt zwischen uns hin und her. »Was ist denn?«

Natalie wusste natürlich, dass ich nach Matteo fragen wollte, und redete sofort drauflos, als wir uns etwas abseits auf die Fensterbank gesetzt hatten. Ihr Bruder hatte Matteo mit seiner neuen Freundin gesehen. Das wollte sie mir gestern eigentlich noch irgendwie schonend beibringen. Den Livemitschnitt hätte ich mir also ersparen können, wenn ich etwas Zeit gehabt hätte. War das wirklich erst gestern gewesen?

Warum er die Schule gewechselt hatte, konnte Natalie allerdings auch nur mutmaßen. Sie wusste aber, dass dieses Mädchen nun in seine Klasse ging und Isabella hieß.

Matteo und Isabella. Passte scheiße gut. Viel besser als Matteo und Eve. Nie hätte ich gedacht, dass es mal Namen geben könnte, die besser miteinander funktionieren würden als unsere. Nie. Und doch war es so gekommen. Isabella und Matteo. Das war filmreif.

Mit unserer Eurythmielehrerin Frau Klapproth-Meyer kam auch Henny herangekeucht. Sie trug Federohrringe, ein buntgewebtes Stirnband, passende Armbänder und ihren größten Türkisring, der von feinen Adern durchzogen war.

»Boah!«, entrüstete sie sich. »Samstagmorgen um neun! Das ist einfach nicht meine Zeit!«

»Wenn du dich auch immer stundenlang mit deinem Voodoozeugs behängen musst, is klar, dass du zu spät kommst«, mischte sich Daniel ein, doch niemand beachtete ihn.

»Sei froh, dass du nicht bei uns warst«, sagte ich. »Weißt du, wann ich aufgestanden bin?«

»Na, und ich?«, rief Natalie. Sie wohnte von uns allen am weitesten weg, in Spandau. »Ich bin erst mal schön über eine Stunde Bus und S-Bahn gefahren.«

»So, genug aufgeregt!« Frau Klapproth-Meyer schloss unseren Klassenraum auf. »Spart euch die Energie lieber für die Aufführung.«

Weil noch nicht alle da waren, setzten wir uns an unsere Plätze und unterhielten uns leise. Frau Klapproth-Meyer lief mit Sharam, Finn und Clara in den Eurythmiesaal, um die Seidengewänder und Kupferstangen zu holen, die wir brauchten. Währenddessen berichtete ich Henny das Neueste von Matteo und stellte fest, dass es nicht so weh tat, wie ich erwartet hatte. Es fühlte sich so an, als hätte es kaum etwas mit mir zu tun. Hatte es ja auch wirklich nicht. Nicht mehr. Kurz überlegte ich, ihr auch von dem Gespräch mit meiner Mutter zu erzählen und was wir am Nachmittag vorhatten, aber es ging nicht. Ich wollte es für mich behalten. Zwischen meiner Mutter und mir. Ich wollte weder, dass Henny zu mir kam, noch, dass sie es erfuhr, obwohl sie meine beste Freundin war und nahezu alles von mir wusste. Später würde ich es ihr ohnehin erzählen. Nur nicht jetzt. Ich würde mir jedoch etwas Glaubhaftes ausdenken müssen, damit sie nicht allzu sauer war, denn sie hatte ihre Übernachtungssachen schon dabei. Und dann war es ausgerechnet Marlene, die mir aus der Patsche half. Sie kam zu uns herüber und setzte sich auf unseren Tisch. »Wieso schleppst du eigentlich so eine Riesentasche mit, wir wollten doch noch ins Alexa?« Das ist ein großes Einkaufszentrum am Alexanderplatz.

Henny klatschte sich an die Stirn. »O nein! Das hab ich ja total vergessen!«

»Auch toll!«, schimpfte sie und wies auf mich. »Wenn du mit *ihr* verabredet gewesen wärst, hätt's du's garantiert nicht vergessen!«

Beleidigt stampfte sie davon, und Henny machte ein

schuldbewusstes Gesicht. »Marlene hat recht«, sagte sie. »Wärst du sehr böse, wenn ich nachher nicht …«

»Ach Quatsch!«, sagte ich, bemüht, nicht zu erleichtert zu klingen. »Ist schon okay, versetz mich ruhig und latsch mit Marlene durchs Alexa, obwohl du bei mir auf der Wiese in der Sonne braten und Kraftkühe besichtigen könntest. Ist gar nicht schlimm, überhaupt nicht!«

Das wirkte. Henny wurde rot, und ich war die erbärmlichste Freundin der Welt. Verlogen bis in die Haarspitzen.

Henny entschuldigte sich zigmal und hätte Marlene bestimmt vertröstet, wenn ich es darauf angelegt hätte. Aber als Frau Klapproth-Meyer und die anderen zurückkamen, war alles wieder im Lot. Inzwischen hatte sich auch der Rest der Klasse eingefunden, und wir zogen unsere Eurythmiekittel über. Es waren schlichte Gewänder aus Seide, weich und schimmernd bis zum Boden. Von den Schultern schwangen feine, ebenso lange Schals, die bei den Armbewegungen mitgeführt wurden. Ich hoffte, dass ich es trotz Verband hinbekommen würde. Hier und da steckten wir mit Sicherheitsnadeln ab, wo es zu lang oder zu weit war, und schlüpften in unsere Gymnastikschuhe. Die Jungs trugen Gelb, wir Mädchen Orange. Es sah schon gut aus, als wir eine schnelle Probe im Klassenraum machten, obwohl mir zweimal die Kupferstange herunterfiel. Mit nur einer brauchbaren Hand erwartete aber auch keiner Kunststückchen von mir. Frau Klapproth-Meyer ging mit zum Seiteneingang der Aula, und auf leisen Sohlen schlichen wir hinter die Bühne, um zuzusehen, was die Schüler vor uns zeigen würden. Die achte Klasse trug Trommeln auf die Bühne. Durch einen Spalt im Vorhang spähte ich in den vollen Zuschauerraum. Meine Mutter war nirgends zu sehen.

Als alle an den Instrumenten saßen und Herr Agboli, unser ghanaischer Musiklehrer, die Bühne betrat, erstarben die Gespräche im Saal. Zur Begrüßung begann er sachte auf die Trommel zu klopfen, die um seine Hüften gebunden war. Er lächelte mit seinen breiten weißen Zähnen erst das Publikum, dann seine Schüler an, und ich bedauerte mal wieder, dass ich ihn noch nie gehabt hatte. Von allen Lehrern machte er den besten Musikunterricht.

Seine Finger schlugen nun schneller und rhythmischer mal an den Rand, mal in die Mitte der Trommel. Helle und dunkle Töne tanzten in rascher Abfolge unter seinen Händen, und ich hätte auch fast getanzt, wenn es vor den anderen nicht so peinlich gewesen wäre. Doch ein paar der Jungs standen mit verschränkten Armen da, grinsten und flüsterten sich Sprüche über Schwarze zu, die sie todwitzig fanden. Da war es eine Genugtuung, als Frau Klapproth-Meyer einen davon aufschnappte und Pascal, Morten und Dennis eine Strafarbeit zum Thema afrikanische Kunst verpasste. Außerdem schickte sie die drei zurück in die Klasse. Wütend kündigten sie an, sich zu beschweren, und Frau Klapproth-Meyer nickte nur dazu. Zufrieden wandte ich mich wieder dem Geschehen auf der Bühne zu. Herr Agboli hatte sein Solo mit lauten Trommelschlägen beendet. Das war gleichzeitig der Einsatz für seine Schüler. Er gab den Takt vor, und zweiundsechzig Hände ließen ein Gewitter über der Savanne aufkommen. Ich hörte erst dumpfes Grollen in der Ferne, Blitze teilten den dunklen Himmel, dann setzte der Regen ein. Tropfen um Tropfen ballten sich im Wind zu einem peitschenden Sturm, der auf den vertrockneten Boden prasselte, und eine Horde Elefanten stampfte darüber hinweg. Es waren Klänge, von denen ich nicht wusste, warum sie mich zum Schwingen brachten. Ganz tief drinnen. Über allem strahlte das Lächeln von Herrn Agboli, konzentriert bis auf den Punkt und so mühelos und eins mit dem, was er tat, dass die anderen im Gleichklang folgten.

Ich wachte auf, als der Beifall aufbrandete und Henny mich anstieß, weil wir als Nächstes dran waren. Auf der Stelle beschloss ich einen Trommelkurs bei Herrn Agboli zu machen, Unterricht bei ihm zu nehmen, egal wie, ich wollte das auch lernen. Unbedingt. Doch zunächst musste ich auf klassische Musik umschalten, um unseren Auftritt nicht völlig in den Sand zu setzen. Frau Klapproth-Meyer instruierte uns flüsternd. Weil die drei Schüler rausgeflogen waren und nun in der Choreografie fehlten, mussten wir ein anderes Stück nehmen. Ich freute mich, denn die Performance zu *Sommer* aus den *Vier Jahreszeiten* von Vivaldi konnte ich viel besser, und Kupferstangen brauchten wir dafür auch nicht. Außerdem war es tausendmal schöner. Unser Schulorchester wartete bereits auf neue Anweisungen von Herrn Bertram, der es dirigierte. Frau Klapproth-Meyer scheuchte uns hinaus; Mädchen nach vorn, Jungs nach hinten, und die Scheinwerfer tauchten die Bühne in sonniges Licht. Wir stellten uns auf. Die erste Geige setzte ein. Überrascht sah ich, dass sie von dem sonst so schüchternen Cengiz gespielt wurde, auf einmal gar nicht mehr schüchtern.

Während er souverän über die Saiten strich und die anderen Geigen einstimmten, lösten wir uns aus der Formation, bildeten eine neue und noch eine. Wir drehten uns umeinander und miteinander, tauchten unter unseren Armen hindurch, mischten gelbes Licht mit orangenen Schatten und trennten es wieder. Wie von selbst schwammen wir in den Farben und Klängen des Sommers, bis wir am Ende in unsere ursprüngliche Form zurückfanden. Und ich machte nicht einen einzigen Fehler.

Natürlich galt der viele Applaus uns und dem Orchester gleichermaßen, und ich merkte, dass ich ein bisschen rot wurde. Umso mehr, als ich am Rand des Saals meine Mutter und Sam begeistert klatschen sah.

Der Rest der Monatsfeier ging an mir vorbei. Diese zwei Vorführungen waren so herausragend gewesen, dass es für die Klassen danach schwierig wurde. Nur ein Mädchen mit Harfe schaffte noch einen Glanzpunkt. Die kleine Emilia aus der Dritten beherrschte ihr Instrument, das fast doppelt so groß war wie sie selbst, derart gut, dass ich eine Gänsehaut bekam, obwohl ich Harfenmusik sonst langweilig fand.

Als wir zu dritt später bei Cô Cô im Lokal saßen, sagte meine Mutter, dass dies eine der besten Monatsfeiern gewesen sei, und Sam, der gern über uns *Waldis* im Allgemeinen und Eurythmie im Speziellen lästerte, gestand, dass unsere Performance perfekt zur Musik gepasst habe. Auf das Kompliment konnte ich mir echt was einbilden.

»Wie kommt es eigentlich, dass du so früh hier bist?«, fragte ich. »Mit dir habe ich heute gar nicht gerechnet.«

»Och«, machte er unbestimmt. »Bin nachher in der Nähe verabredet, da dachte ich, dass ich mir auch gleich angucken könnte, wie meine Nichte ihren Namen tanzt.«

»Mann, Sam!« Ich knuffte ihn. »Du weißt ganz genau, dass wir das nie machen!«

»Ich bin doch nur neidisch«, lächelte er beschwichtigend. »So eine Schule hätte ich früher auch gern gehabt, trotz Eurythmie und Sockenstricken. Vielleicht hätte ich dann nicht abgebrochen und mein Abi geschafft. Dann wäre ich heute bestimmt Musiker oder Schauspieler und bräuchte keine kleinen Brötchen backen.«

»Das willst du doch«, sagte meine Mutter. »Oder etwa nicht?«

»Vielleicht hätte ich ja auch was ganz anderes gewollt, wenn ich gekonnt hätte?«

»Kannst du immer noch«, sagte ich. »Wenn du es willst.«

»Mal sehen«, schmunzelte Sam, »was ich noch so will.«

Der Kellner brachte unsere Mangolassis und eine Sushiplatte mit Gemüse und Glasnudelsalat. Ich war überrascht, wie leicht sich die kleinen Algenröllchen mit Stäbchen fassen ließen, ohne dass sie mir in der Sojasoße wegrutschten, und dass ich damit sogar Glasnudeln essen konnte. Doch in Ruhe genießen, das ging heute nicht, mit jedem Bissen wurde ich ungeduldiger. Ich wollte nach Hause. An den Rechner. Meinen Vater suchen. Endlich.

Die Suche

Um auf der Rückfahrt hinter Lkws, Fahrrädern und roten Ampeln keine Anfälle zu kriegen, weil alles so schrecklich lange dauerte, steckte ich mir Kopfhörer in die Ohren. Meine Mutter war nach dem Essen sehr schweigsam, und ich hatte Angst, dass sie unser Vorhaben vergessen haben könnte oder dass doch noch irgendetwas dazwischenkam, wo ich nun so kurz davorstand. Verbissen guckte ich zur Seite raus und versuchte an Momper zu denken, meinen Krafttierkater. Ich hatte ihn dazu gemacht, weil ich auf der Schamanenseite neben der Nachtigallbeschreibung gelesen hatte, dass Katzen gute Seelenführer seien, die den Menschen zeigten, wie das ging, schlechte Stimmung abzufangen und nicht an sich herankommen zu lassen. Oder wie man sich neuen Situationen anpasste und dabei eigenständig, frei und selbstbewusst blieb. Leider hatte ich nicht von einer Katze geträumt, das wäre ein Zeichen für eine zarte, stetig wachsende Liebe zu einem anderen Menschen gewesen. Ärgerlich schüttelte ich den Kopf. So weit war es schon gekommen, dass ich redete wie Henny! Dass ich mich an so wackelige Gedanken klammerte! Und trotzdem wollte ich Momper in der Nähe haben. Zur Sicherheit, falls da doch was dran sein sollte. Ich musste es ja nicht glauben. Ich konnte ihn ja auch einfach nur mal so streicheln. Auch das tat schon gut, wenn ich aufgekratzt war.

Doch als wir nach Hause kamen, war von unserem pelzigen Nachbarn nichts zu sehen. Nur eine einsame Feder lag auf den Steinplatten vor unserem Eingang, wie ein Hinweis von ihm für mich. Sich immer schön treu bleiben, was, Momper?! Mein kleiner Vogelkiller.

Na ja, möglicherweise hatte die Amsel die Feder auch ohne sein Hinzutun verloren. Es waren nämlich keine Spuren von Gewalt zu entdecken.

Warum blieb ich eigentlich ständig an solch seltsamen Themen hängen? War ich so durcheinander? Glaubte ich so wenig an die Zusage meiner Mutter? Musste wohl so sein. Und sie tat auch nichts, um meine Zweifel zu zerstreuen. Ohne ein Wort zog sie Jacke und Schuhe aus, stellte ihre Tasche und die leere Tupperbox ab und verschwand im Bad. Unschlüssig stand ich am Esstisch, auf dem der Rechner lag. Mechanisch griff ich nach dem Kabel, steckte es in die Steckdose und startete. Ich hörte den Klodeckel zuklappen, die Toilettenspülung und den Wasserhahn rauschen und das *Pling*, mit dem der Rechner hochfuhr. Meine Mutter schien sich eine Ewigkeit die Hände zu waschen, bis sie wieder aus dem Bad kam. Sie sah mich nicht an, sondern ging gleich in die Küche.

»Ich mach mir nur schnell noch einen Kaffee, ja?« Es war ein verräterisches Stocken in ihrer Stimme.

»Klar«, sagte ich so normal wie möglich, damit sie sich nicht noch mehr verkrampfte, gab das Passwort ein und überlegte, nach welchen Schlagworten wir suchen würden. Dabei fiel mir ein, dass ich Papier und Stift brauchte. Eilig lief ich die Treppe rauf in mein Zimmer. Wo war der Block? Mein Herz galoppierte voran, obwohl noch gar nichts passiert war. Der alte Rahmen stand auf meinem Schreibtisch, leer und ausdruckslos. Oder wie eine Erinnerung, nach der ich mich sehnte, weil ich sie nicht hatte?

»Eve?«, rief meine Mutter. »Bring mal bitte einen Kuli mit, hier unten ist keiner.« Sie hatte es weder vergessen, noch verweigerte sie sich.

»Mach ich, hast du Papier?«

»Ja.«

Nur einen Augenblick später saßen wir nebeneinander vor dem Bildschirm und schmunzelten uns nervös an, als wollten wir illegal Musik herunterladen.

»Los?«, fragte sie.

»Los!«, sagte ich.

Ich nahm einen Schluck von ihrem Kaffee, und die Hände meiner Mutter zitterten, als sie *Familienangehörige im Ausland finden* in die Suchmaschine eingab. Sofort erschien eine unendliche Liste an Vorschlägen, wie in diesem Fall vorzugehen war. Daran hatten Henny und ich bei unserer Suche nicht gedacht. Die erste Seite, die meine Mutter anklickte, empfahl, zunächst mit allen Verwandten zu sprechen, zu denen noch Kontakt bestand, und sich nach dem zuletzt bekannten Wohnort des Gesuchten zu erkundigen. Ging nicht. Auch ein Foto wäre natürlich gut gewesen. Hatten wir nicht. Alles, was wir wussten, war: Cengiz Moran, Istanbul.

Auf den *white pages* konnte man weltweit nach Namen fahnden, doch das brachte uns nicht weiter, weil seiner scheinbar nicht existierte. Man konnte aber das Auswärtige Amt, das Deutsche Rote Kreuz, das türkische Konsulat und die türkischen Meldebehörden um Informationen bitten.

So wie es auf den verschiedenen Seiten formuliert war, klang es gar nicht so abwegig, jemanden aufzuspüren, wie ich zunächst gedacht hatte, obwohl an einer Stelle auch empfohlen wurde, die *Verstorbenenkartei* des betreffenden Landes zu durchforsten.

»Hör mal, was hier steht.« Meine Mutter las vor. »Falls Ihnen die Behörden aus Datenschutzgründen die Auskunft verweigern oder die von Ihnen gesuchte Person nicht ermittelt werden kann, sollten Sie keinesfalls aufgeben.«

Ich nickte.

»Viele Länder haben keine Meldepflicht, so dass Sie trotz richtiger Informationen unter Umständen nicht weiterkommen. Wenn Sie einen ernstzunehmenden Anhaltspunkt haben, auch wenn dieser von den Behörden nicht bestätigt werden kann, sollten Sie über eine Reise ins Ausland nachdenken, um die Suche vor Ort selbst zu organisieren. Puh!« Sie sah mich an. Auf ihren Wangen glühten rote Flecken.

»Ja«, sagte ich und lächelte.

»Sicher?«

»Ja.«

»Wir versuchen es erst mal auf dem einfachen Weg, einverstanden?« Meine Mutter atmete tief ein und aus.

»Und wenn wir ihn damit nicht finden?«

»Dann ...« Sie schien schwer Luft zu bekommen. »Dann ... muss ich mal gucken ... was wir dann machen.«

Sie setzte den Kaffeebecher an und trank alles auf einmal aus. Als sie ihn wieder abstellte, lag ein Sojamilchbart auf ihrer Oberlippe.

»Steht dir!«, lachte ich. »Aber vielleicht solltest du eher was zur Beruhigung nehmen?«

»Was denn?« Meine Mutter wischte sich den Bart mit einem Taschentuch weg. »Baldrian? Johanniskraut? Haben wir nicht im Haus.«

»Kamille könnte ich dir vom Feld holen«, sagte ich. »Für einen Tee mit Blattlaus- und Zeckenaroma.«

»Lecker!« Meine Mutter verzog den Mund. »Nein, danke, ich bleibe lieber bei meinem Kaffee.«

»Soll ich dir noch einen einschenken?«

»Bitte, am besten gleich einen doppelten!«

Ich stand auf. »Mit oder ohne Rum?«

»Ohne natürlich, sonst komme ich wirklich noch auf dumme Ideen!«

»Das wär doch mal was«, murmelte ich hinter dem Tresen, während ich den Kaffee eingoss und mit Milchschaum bedeckte.

Dann gab ich meiner Mutter den Becher und setzte mich wieder vor den Rechner.

»Was jetzt?«

»Lass uns mal die Kartei mit den ... Verstorbenen durchgucken, wenn wir da reinkommen.« Als sie meinen Blick auffing, versuchte sie mich gleich zu beschwichtigen. »Ist doch nur zur Absicherung, Eve. Je schneller wir diese Möglichkeit ausschließen können, umso besser.«

»Wie willst du das denn ausschließen?«

»Weiß ich nicht. Aber ich kann mir nicht vorstellen, dass er dabei ist.«

Ich sagte meiner Mutter nicht, dass ich kein allzu großes Vertrauen in ihre Vorstellungskraft hatte. Sie wusste ja nicht mal mehr, wie mein Vater aussah.

Einsicht in jene Kartei zu bekommen war jedoch nicht so leicht, wie es beschrieben wurde. Eine Stunde lang frästen wir uns vergeblich durch sämtliche Webseiten, die auch nur annähernd mit dem Thema zu tun hatten. Die meisten Einträge über Verstorbene in der Türkei handelten von einem schweren Erdbeben in der Nähe von Istanbul. Über achtzehntausend Menschen waren dabei ums Leben gekommen und mehr als doppelt so viele verletzt.

»Und wenn er unter ihnen war?«, sagte ich. »Und wir ihn deshalb nirgends finden können?«

»Das glaube ich nicht.« Meine Mutter schüttelte den Kopf. »Damals habe ich die Sache zwar verdrängt, später aber gelesen, dass das Epizentrum des Bebens etwa hundert Kilometer östlich von Istanbul auf der asiatischen Seite lag. Auch meine ich mich zu erinnern, dass er gesagt hat, seine Eltern würden auf der europäischen Seite wohnen.«

Ich zeigte auf die Zahl der Opfer in Istanbul. »Aber da sind auch fast tausend Menschen gestorben.«

»Ja, nur sind hauptsächlich die Häuser eingestürzt, die unsolide gebaut waren. Seine Eltern waren wohlhabend, so dass ihr Haus vermutlich ein stabiles Fundament hatte.«

»Also meinst du, es hat eher die Ärmeren getroffen?«
»Bestimmt«, sagte meine Mutter. »Wie so oft.«

Bedrückt las ich, dass in der Region um Istanbul aufgrund tektonischer Verschiebungen immer wieder schwere Erdbeben zu erwarten waren. Als ich aus den Augenwinkeln eine Bewegung wahrnahm und mich im selben Moment wie meine Mutter zur Terrasse drehte, begegnete ich Mompers großem grünen Blick. Ruhig saß er vor der Tür.

»Der guckt dich ja richtig an«, lachte meine Mutter. »Unverschämtheit! Dabei kriegt er nur von mir was zu fressen.«

Aufmerksam betrachteten wir uns, der Kater und ich.

»Du hast recht«, sagte ich schließlich und wandte mich wieder dem Bildschirm zu. »Er lebt.«

Ich schloss die Erdbebenberichte, klickte auf die erste Seite zurück und überflog noch einmal das, was meine Mutter vorgelesen hatte. Darunter war noch ein Absatz, der für schwierige Fälle professionelle Hilfe von Privatdetektiven oder Genealogen empfahl, weil sich diese Zugang zu Datenbanken und meldebehördlichen Registern verschaffen konnten. Das Wort Genealogen musste ich nachschlagen. Das waren Familien- und Ahnenforscher. Auch das Einbeziehen von Fernsehsendern wurde erwähnt, doch schon beim Gedanken daran schämte ich mich. Das kam nicht in Frage. Selbst im äußersten Notfall würde ich lange darüber nachdenken müssen, ob ich mich vor eine Kamera stellen und meinen Vater ausrufen würde. Doch der letzte Satz des Artikels elektrisierte mich: *Die ersten Informationen über die gesuchte Person sollten Ihnen bereits nach wenigen Wochen vorliegen.*

Meine Mutter hatte mitgelesen und in ihrem Gesicht bildeten sich wieder rote Flecken. Sie schien das Gleiche zu denken. »Fernsehen aber bitte nicht, Eve, ja? Das schaffe ich nicht.«

»Ich auch nicht.«

»Gut.« Sie stand auf. »Wollen wir es so machen, dass ich erst mal bei den Behörden nachfrage? Vielleicht haben die was über ihn.«

»Mama?«, bat ich. »Könntest du *ihn* vielleicht Cengiz nennen?«

Ertappt kniff meine Mutter die Lippen zusammen. »Es fällt mir sehr schwer«, sagte sie langsam. »Aber ich versuche es.«

»Danke«, lächelte ich. »Und wenn wir keine Infos kriegen, engagieren wir einen Detektiv?«

»Mal sehen«, sagte sie. »Die sind teuer. Und wenn der dann kein Deutsch spricht, brauchen wir auch noch einen Dolmetscher. Ich habe nicht so viel Geld im Moment.«

»Aber wir warten keine fünfzehn Jahre mehr, oder?«

»Nein. Ich habe dir gesagt, dass wir ihn suchen, und ich gebe mir alle Mühe, das auch einzuhalten. Ich kann dir nur nicht versprechen, dass wir ihn dann auch wirklich finden.«

»Ich weiß«, sagte ich, stand ebenfalls auf und nahm meine Mutter in den Arm. »Danke, dass du das mit mir machst.«

Obwohl ich wusste, dass sie mir zugewandt war, spürte ich ihre innere Barriere, die sie steif und verschlossen machte.

»Wollen wir ein bisschen raus?«, fragte sie und löste sich von mir. »Ich brauch mal frische Luft.«

»Bist du böse, wenn ich hierbleibe und weiterlese?«

»Nein, natürlich nicht, mach nur.«

Meine Mutter öffnete die Terrassentür und rutschte in ihre Gummischlappen. »Bis gleich.«

Ich sah ihr nach, wie sie durch den Garten in Richtung Feld davonging. Offensichtlich war die ganze Sache für sie noch sehr viel schwerer, als sie nach außen zeigte, und wahrscheinlich hatte sie viel größere Angst davor, meinen Vater zu treffen, als ich.

Die ersten Informationen über die gesuchte Person sollten Ihnen bereits nach wenigen Wochen vorliegen. Immer wieder las ich diesen Satz. Spaßeshalber gab ich Privatdetektiv Istanbul ein und wurde überschwemmt mit Angeboten. Und alle auf Deutsch! *Geht Ihre Partnerin im Urlaub fremd? Wir finden es für Sie heraus. Ist ihr zukünftiger Mann schon verheiratet? Gehen Sie auf Nummer Sicher. Wenn Ihr Kind in der Türkei studiert, sollten Sie wissen, mit wem es ausgeht und ob es Betäubungsmittel nimmt.* Ich schmunzelte. Die Detektivbüros überboten sich gegenseitig mit langjähriger Erfahrung in allen Bereichen, von Untreue und Bigamie über Flucht und Verschleppung bis hin zur Verfolgung von Betrugsfällen und Wirtschaftskriminalität. Viele Anbieter hatten mehrsprachige Ermittler. Preise konnte ich jedoch keine finden, weil sich diese nach dem Umfang des Auftrags richteten. Zu gern hätte ich sofort einen von ihnen angeschrieben und gefragt, was es kosten würde, meinen Vater zu finden, und wie lange es in etwa dauern würde. Ich war so vertieft, dass ich erschrocken zusammenfuhr, als es an der offenen Glastür klopfte.

»Hey, Youritmie!«, polterte Sam. »Watsap?«

»Himmel!«, rief ich. »Musst du mich so erschrecken?«

»Konnte nicht widerstehen«, grinste er und trat hinter mich. »So wie du deine Nase in den Bildschirm gedrückt hast.«

»Hab ich gar nicht!«

Neugierig guckte er auf die Webseite. »Detektivbüro? Türkei? Sprich, Evelyn, sprich! Gibt's etwa was Neues?«

»Noch nicht allzu viel«, seufzte ich, und weil er ohnehin ahnte, worum es ging, erzählte ich ihm, dass sich meine Mutter bereit erklärt hatte, meinen Vater zu suchen.

»Das ist gut.« Sam nickte beifällig. »Cengiz Moran also. Sehr gut. Und ihr wollt einen Detektiv beauftragen?«

»Nein, Mama will es erst mal auf dem offiziellen Weg versuchen, weil die zu teuer sind.«

»Über Ämter, oder was?«

»Ja.«

»Hoffentlich hast du nicht schon selbst Kinder, bis du von denen eine Antwort bekommst.«

So etwas Ähnliches hatte ich auch schon befürchtet, aber schnell wieder verdrängt, weil ich froh war, dass sich meine Mutter überhaupt kümmerte.

»Zeig mal her.« Sam setzte sich neben mich und begann zu lesen. Bei manchen Sätzen musste auch er lachen.

»Scheint ja gar nicht so schwierig zu sein«, sagte er nach einer Weile. »Ich hab mir das viel komplizierter vorgestellt.«

»Ja, ich auch.«

»Macht das doch gleich mit einem Privatdetektiv, dann vertrödelt ihr keine Zeit.«

»Würde ich ja gern«, sagte ich. »Aber ich will Mama mit dem Geld jetzt nicht noch mehr stressen.«

»Hmm«, nickte Sam. »Verstehe, vielleicht ist es auch ganz gut, wenn es ein paar Tage länger dauert. Dann ist es nicht so ein plötzlicher Schock.«

»Das ist es, glaube ich, immer«, sagte ich. »Wenn ich weiß, wo er wohnt und wie er aussieht, fall ich bestimmt tot um.«

»Ach, Quatsch! Das wird toll.«

»Sam, ich weiß ja nicht mal, ob ich ihm jemals begegne.«

»Na, klar, ihr müsst runterfliegen! Euch treffen! Sonst hat doch die ganze Sucherei überhaupt keinen Sinn!«

Ich schluckte und merkte, dass mir die Farbe aus dem Gesicht wich. »Wie ... wieso bist du eigentlich hier?«

»Schönes Ablenkungsmanöver!«, lachte Sam. »Ich wollte dir was erzählen, wo wir doch neulich über den Laden gesprochen haben.«

»Warst du deshalb vorhin verabredet?«

»Jein, nicht ganz.« Sam wandte den Blick ab. »Ich hab jemanden kennengelernt. Also, wiedergetroffen.«

»Hui, und?« Gespannt beobachtete ich meinen Onkel.

»Ja, selbst ich blindes Huhn finde wohl noch mal ein Korn.«

»Ist sie nett?«

»Sehr.«

»Und? Nun sag doch schon!«

Die Frau hieß Elsa und war eine Bekannte aus Sams Grundschuljahren in Hannover. Zufällig waren sie sich in einem Café begegnet und hatten sich trotz der langen Zeit sofort wiedererkannt.

Sie stellten fest, dass sie sich nicht nur sehr sympathisch waren, sondern einige Gemeinsamkeiten hatten. Auch Elsa war von Hannover nach Berlin gezogen und hatte voller Begeisterung Konditorin gelernt, nachdem sie den Film *Chocolat* gesehen hatte. Doch der Arbeitsalltag in einer Konditorei zeigte ihr schnell, dass sie von Schokoladenkunst meilenweit entfernt war. Nun hatte sie von ihren Eltern etwas Geld geerbt und plante ihre eigene Chocolaterie in Berlin. Allerdings wollte sie keine normale Schokolade verarbeiten, sondern vegane. Das gefiel Sam so gut, dass er ihr ein gemeinsames Geschäft vorschlug, und nachdem Elsa seine Brötchen probiert hatte, verbrachten sie Tage und Nächte, um aus der verrückten Idee ein Konzept zu machen. So wie Sam beim Erzählen strahlte, war mir klar, dass sich die beiden auch sonst näher gekommen waren. Er war total verliebt.

»Komisch, oder?«, grinste er. »Früher ist sie mir überhaupt nicht aufgefallen.«

»Vielleicht war sie schüchtern?«

»Und wie«, bestätigte er. »Sie hatte ein paar Kilos zu viel und außerdem so eine komische Allergie, Neurodermitis oder so. Sie war nicht annähernd so hübsch wie heute.«

»Dann weißt du jetzt, warum sie vegan isst«, lachte ich. »Bei vielen geht davon nämlich die Neuro weg. Und die Kilos sowieso.«

»Echt?« Sam schien ehrlich erstaunt. »Ich glaub, ich probier das jetzt auch mal, wenn schon alle um mich herum auf dem Gesundheitstrip sind.«

Ich seufzte erneut, weil Sam so glücklich war und ich ihn so beneidete. »Du hast es gut. Dein Wunsch geht so schnell in Erfüllung. Kaum ausgesprochen, schon da.«

»Na ja, so schnell ging das auch wieder nicht. Ich habe es früher nur verschwiegen, weil ich dachte, dass es sowieso nichts wird.«

»Aber jetzt«, sagte ich. »Jetzt steht deinem Laden nichts mehr im Weg, oder?«

»Wenig«, nickte Sam. »Elsa ist sogar Konditormeisterin, so dass wir mit der Eröffnung keine Probleme haben. Das Einzige, was mir fehlt, ist ein bisschen Spielgeld. Mal gucken, ob ich leihweise Oma und Opa anzapfen kann.« Er zwinkerte mir zu.

»Fährst du nach Hannover?«

Sam nickte wieder. »Ja, gleich morgen. Drück die Daumen, dass deine Großeltern die Idee genauso grandios finden wie ich.«

»Ach, das wird schon«, sagte ich. »Jetzt, wo sich alles andere gefügt hat, klappt das bestimmt auch noch. Das ist immer so.«

»Meinst du, ich hab 'ne Glückssträhne?«

»Ja«, lächelte ich und wünschte mir von ganzem Herzen auch eine.

Die Schwester

Doch nach einer Glückssträhne sah es in den nächsten Tagen nicht aus, obwohl meine Mutter ihr Vorhaben wahrmachte. Sie verfasste einen Brief auf Englisch, den sie an Standesämter und Meldebehörden in Istanbul schickte. Auf verschiedenen Personensuchseiten im Internet gab sie den Namen meines Vaters ein und versuchte ihn zusätzlich über Facebook, Xing, Twitter, Instagram und andere Portale zu finden. Sie rief beim Auswärtigen Amt und der türkischen Botschaft an, und am Ende schaltete sie ihre Kollegen bei der Zeitung ein, um eventuell über türkische Journalisten in Istanbul etwas zu erfahren.

Ich behielt mein Handy permanent im Anschlag, auch im Unterricht, weil jede Nachricht meiner Mutter die entscheidende sein konnte. Aber wenn sie sich meldete, ging es nur darum, wann ich Schulschluss hatte oder ob ich noch etwas einkaufen könnte. Ich versuchte nicht zu warten und wartete dennoch jede Sekunde des Tages, selbst wenn ich schlief, wartete ich darauf, dass das Telefon oder das Handy meiner Mutter klingelte. Ein paarmal wachte ich sogar nachts auf, weil ich den Klingelton geträumt hatte, und lauschte dann mit klopfendem Herzen in die Stille. Ich wusste, dass ich nicht enttäuscht sein sollte, dass ich geduldig sein musste, aber es gelang mir nicht. Ich hatte einfach keine Geduld mehr übrig. Sie war aufgebraucht. Zu viele Jahre hatte ich gewartet und gewartet, ohne es zu merken. Immer wieder vergeblich gehofft und gegen das Verdrängen meiner Mutter angekämpft. Und obwohl dieser Kampf nun vorbei war und ich mich eigentlich hätte freuen können, weil sie ja wirklich einiges tat, um meinen Vater ausfindig zu machen, verlor ich beim geringsten Anlass die Beherrschung und ranzte jeden an, der mir in die Quere kam. Bei Hakan und den anderen Dumpfbacken störte mich das nicht weiter, doch um Henny tat es mir leid. Sie wusste natürlich von der Suche und freute sich viel mehr darüber als ich, umso weniger verstand sie mein Verhalten. Sie war gekränkt, wenn ich gereizte Antworten gab oder sie vor den anderen bloßstellte, aber trotzdem konnte sie mir nie lange böse sein, und dadurch fühlte ich mich dann noch schäbiger. Hinzu kam, dass sich die Heilung meines Zeigefingers länger hinzog als gedacht. Nach den ersten Erfolgen schmerzte er wieder und ließ sich auch nicht so gut bewegen. Das nervte mich maßlos. Ich hatte die Krankengymnastik satt, ich hatte die Arztbesuche satt, den Schmerz, den Stillstand und sogar Sam, der sich nicht meldete, weil er mit sich und seinem Laden beschäftigt war, ich hatte es satt, dass Matteo seinen Spaß hatte, während es mir so dreckig ging, und am meisten hatte ich mich selbst satt in meinem Jammertal.

Um meine Freundschaft mit Henny nicht aufs Spiel zu setzen, sonderte ich mich oft ab und fuhr gleich nach dem Unterricht nach Hause. Ich wusste selbst, dass meine Gesellschaft unerträglich war.

Zu Hause saß ich dann stundenlang in meinem Zimmer und glotzte in den Himmel. Still und stumm. Und wartete. Natürlich wartete ich.

Und natürlich passierte Null-Komma-Null, weil ich so verkrampft wartete. Ein paar Flugzeuge glitten von rechts nach links und von links nach rechts durch die Wolken. Das war alles. Und wenn meine Mutter nach Hause kam, sah ich an ihrem Gesichtsausdruck sofort, dass es wieder nichts Neues gab. Von meinem Taschengeld spielte ich heimlich Lotto, um das Geld für den Detektiv zu gewinnen. Das ging nur, weil der Sohn der Inhaberin in der Annahmestelle aushalf und mich aus der Nachbarschaft kannte. Er war selbst grade erst achtzehn und schärfte mir ein, den Lottoschein, im Falle des Gewinns, unbedingt meiner Mutter zu geben, weil ich offiziell noch gar nicht spielen durfte und er sonst einen Höllenärger bekäme.

Doch das Glück zeigt sich nicht, wenn man es unter Druck setzt, wenn man es erzwingen will und es, verdammt nochmal, am Nötigsten braucht. Daher war seine Sorge völlig unbegründet. Ich hatte zwar sechs Richtige, aber in sechs unterschiedlichen Feldern, und der Schein landete zu popeligen Krümeln zerrupft im Papierkorb.

An einem dieser Nachmittage lag ich auf dem Bett, neben mir eine Zeitschrift, die ich noch nicht gelesen hatte, als Henny anrief.

»Hey, Eve, gute Nachrichten«, flötete sie. »Es ist Freitag, ich komme heute zu dir.«

»Danke für die Info«, grunzte ich und blätterte zur nächsten Seite.

»Was machst du?«, fragte Henny.

»Nichts.«

»Dann kann ich ja wirklich vorbeikommen und dich ein bisschen aufheitern, oder?«

»Besser nicht.« Mein Blick fiel auf einen Sänger mit Bart. »Ich bin unberechenbar.«

»Ich weiß«, lachte sie. »Und ich bin immer noch deine Freundin, oder? Also was ist? Darf ich dich besuchen?«

Vielleicht keine so schlechte Idee. »Von mir aus«,

sagte ich. »Wenn du dich mit dem tödlichen Langeweilevirus anstecken willst.«

»Ich bin geimpft.«

»Okay, lass dir Zeit!«

»Danke.« Ich konnte Henny lächeln sehen. »Ich brauche sowieso noch mindestens eine Stunde. Aber dir ist schon klar, dass ich mein Schlafzeug mitbringe, oder? Glaub ja nicht, dass ich nachts noch alleine durch Brandenburg eiere.«

»Schon klar«, sagte ich. »Hauptsache, du schnarchst nicht.«

»Nee, ich pupse nur manchmal im Schlaf.«

Als wir auflegten, fragte ich mich, womit ich so eine treue Freundin eigentlich verdient hatte. Grinsend blätterte ich weiter in der Zeitung und dann wieder zurück zum Foto des Sängers, der Pfingsten ein Konzert in Berlin geben würde. Murat D. war ein bekannter türkischer Musiker und etwa so alt wie Sam. Als Vater kam er für mich also nicht in Frage. Trotzdem schnitt ich das Foto aus und fixierte es mit ein paar Klebestreifen in meinem Aprikosenblütenrahmen. Das hätte ich schon viel früher machen sollen: den Rahmen einfach benutzen, anstatt darauf zu warten, dass von allein ein Bild darin erschien. Wenn ich ihn nicht füllte, würde er für immer leer bleiben. Es gab keine Zauberei.

Ich griff nach meiner Tasche, zog das Portemonnaie hervor und lief nach unten. Henny und ich brauchten dringend noch was zu knabbern. Unser Süßigkeitenschrank war leer, auch zu trinken gab es nichts mehr. Während ich auf meinem quietschenden Fahrrad über das Kopfsteinpflaster hoppelte, merkte ich, dass es mir besser ging und ich mich auf Henny freute.

Der Pennymarkt an der Osdorfer Straße war neu und gut sortiert. Ich entschied mich für gesalzene Kesselchips, Vanille-Sojapudding und zwei Flaschen Fassbrause und radelte beschwingt wieder zurück. Gerade noch rechtzeitig konnte ich mein Rad unter die Plane schieben und festzurren, als sich auch schon die ersten Tropfen aus dem wolkenverhangenen Himmel lösten und Sekunden später in einem wahren Platzregen niedergingen. Die Terrassentür, die meine Mutter am Vortag geputzt hatte, war sofort voll brauner Spritzer, obwohl auf den Holzdielen weder Erde noch Dreck lag. Ich lief nach oben und schloss die schrägen Fenster, damit es nicht reinregnete. Laut trommelte der Regen aufs Dach und gegen die Hauswände. So laut, dass ich unser Auto nicht hörte, nur sah, wie meine Mutter in eine Parkbucht am Wald fuhr, aus dem Wagen sprang und in den Garten hastete. Ich rannte wieder runter, weil sie sonst einmal ums Haus zur Tür hätte laufen müssen. Obwohl die Strecke zwischen Auto und überdachter Terrasse nur wenige Meter betrug, war meine Mutter pitschnass. Doch sie lächelte mich unter ihren triefenden Haaren und der verlaufenen Schminke an. Irgendetwas war passiert.

Ich riss die Tür auf. »Was?«

»Hallo?!«, lachte meine Mutter und trat sich die Füße auf der Matte ab, bevor sie ins Wohnzimmer kam. »Krieg ich vielleicht eine klitzekleine Begrüßung vorweg?«

»Hallo, was ist passiert?«

»Tjaa«, machte sie geheimnisvoll. »Darf ich mich eben kurz umziehen gehen?«

»Ist schlecht grad«, drängte ich. »Erzähl erst mal.«

Mühsam quetschte ich noch ein *bitte* hinterher. Meine Mutter streifte ihre Schuhe von den Füßen, schlängelte sich aus ihrer angeklebten Bluse und setzte sich im Top an den Tisch. Ein breiter dunkler Streifen zog sich von ihrem Dekolleté bis zum Bauchnabel. Sie hatte viele Sommersprossen auf den Schultern und Oberarmen, oder waren das schon Altersflecken?

»Tjaa«, wiederholte sie. »Ich habe vorhin eine Mail vom Standesamt in Istanbul bekommen.«

Ich merkte, wie meine Knie weich und zittrig wurden. Er war verheiratet und hatte zehn Kinder. Ich wusste es!

»Eine sehr nette Mail, übrigens.«

Ich sagte keinen Ton, um sie bloß nicht zu unterbrechen.

»Eine Mitarbeiterin schrieb mir, dass sie per Mail keine direkten Auskünfte geben dürfe, aber um uns mit unserem Problem nicht völlig alleinzulassen, hat sie mir verraten, dass er eine Schwester hat.« Meine Mutter sah mich an. »Also Cengiz. Und sie hat mir ihren Namen genannt, Ela Gürsoy. Und Ela Gürsoy hieß, bevor sie geheiratet hat, Ela Moran und ist ganz offensichtlich deine leibliche Tante.«

»Meine Tante«, sagte ich. »Seine Schwester. Und … und was ist mit ihm? Was ist mit seinen Eltern?«

»Dazu konnte sie mir nichts sagen. Wir müssten in Istanbul zum Standesamt und dort mit deiner Geburtsurkunde und allen anderen Papieren einen Antrag auf Einsicht stellen. Doch sie hat gleich dazugeschrieben, dass solche Formalitäten eine ganze Weile dauern, und uns empfohlen, in den Sommerferien persönlich zu kommen.«

In den Sommerferien. Mein Hirn hatte sich zu einer dichten Wattewolke aufgeplustert. Sommerferien, das waren noch zwei Monate. Bis dahin würde ich das nie und nimmer aushalten, das wusste ich.

»Hast du ihre Adresse?«, fragte ich. »Oder wenigstens ihre Telefonnummer?«

»Leider nicht, die durfte sie mir nicht geben.«

»Na toll!«, brach es aus mir heraus. »Was soll das Ganze dann? Erst schmeißt sie uns ein Bröckchen vor die Füße, und dann tschüs, oder was? Wie dämlich ist das denn?«

»Nun sei nicht so undankbar, Evelyn! Immerhin haben wir etwas erfahren, oder?«

»Was uns nicht einen Schritt weiterbringt«, murrte ich. »Jetzt wissen wir immer noch nichts von ihm. Ob er in Istanbul ist oder in Guatemala oder sich die Radieschen von unten anguckt ...«

»Du bist unfair!«, schalt meine Mutter. »Einen Schritt hat uns das wohl weitergebracht, immerhin wissen wir jetzt, dass er eine Schwester hat, die noch lebt.«

Ich wusste nicht, ob mich seine Schwester, meine Tante, interessierte. In erster Linie interessierte *er* mich, mein Vater. Meine Mutter klappte ihren Rechner auf. Nachdem sie sich in ihr Facebookprofil eingeloggt hatte, gab sie Ela Gürsoy in die Suchmaske ein, und unzählige Nutzerinnen mit gleichem Namen wurden angezeigt. Einige davon ohne Foto. Neugierig scrollte sie sich durch die Liste.

»Na, dann viel Spaß!« Ich sah auf meine Uhr und stand auf. »Ich hole Henny von der Bushaltestelle ab, sie schläft heute bei uns, ist das okay?«

»Äh, was?« Meine Mutter drehte sich nicht mal um. »Nimm den Schirm mit, es regnet.«

»Ach, echt?«

»Ja, wie aus Eimern!«

Kopfschüttelnd stieg ich in ihre Gummischuhe, schnappte mir Jacke und Schirm und ging die Schütte-Lanz-Straße entlang zur Bushaltestelle. Von überall tropfte es. Von Dächern, Bäumen und Laternen. Von Autos, Büschen und Gartenbänken. Von Garagen, Holzstößen und Zäunen. Das Wasser ließ die Gullys überlaufen und staute sich in den Schlaglöchern des alten Asphalts. Niemand war unterwegs, bis auf eine Frau mit ihrem nassen Hund und ich. Weil es nur noch ein wenig nieselte, schloss ich den Schirm. Die dichten Wolken hatten sich ausgeschüttet, und hinter den Häusern auf der anderen Seite des Waldes wurde es wieder heller.

Ich musste zehn Minuten auf den Bus warten, doch als er kam, leuchtete schon von weitem Hennys rotes Kopftuch durch die große Frontscheibe. Und sie winkte.

»Na, endlich!«, stöhnte sie. »Das war vielleicht ein Ritt! Erst habe ich meine Bahn verpasst, dann grade noch so den Zug gekriegt, damit mir am Lichterfelde Ost der Bus vor der Nase wegfährt!«

»Ich kenne das«, sagte ich. »Was meinst du, warum ich wieder in Mitte wohnen will?!«

»Was das Fahren angeht, hast du echt recht«, nickte

Henny. »Ich vergesse immer, wie lange man braucht, weil ich so selten bei dir bin.«

»Lohnt sich ja auch nicht.«

»Andererseits wirst du hier wenigstens nicht von komischen Typen angequatscht. Vorhin am Gesundbrunnen hat mich so'n schmieriger Kerl gefragt, ob ich schon achtzehn wäre und wo ich hinwill.«

»Und, was hast du gesagt?«

»Ich hab gar nichts gesagt«, lächelte Henny verschlagen. »Ich habe ihm nur das Pfefferspray gezeigt, das ich immer in der Jackentasche trage. Da wollte er's dann nicht mehr so genau wissen.«

»Du darfst das gar nicht besitzen«, sagte ich. »Und einsetzen erst recht nicht. Das ist Körperverletzung.«

»Weißt du, wie egal mir das ist?« Henny hängte ihre Tasche über die andere Schulter. »Bevor mich einer zu fassen kriegt, verpasse ich ihm eine prickelnde Gesichtsdusche.«

»Du bist eine ganz Ausgeschlafene, was?«

»Und wie, kennst mich doch.« Sie zog einen Film aus ihrer Tasche. »Wo wir grade beim Ausschlafen sind: Gucke mal, was ich uns für heute Abend mitgebracht habe.«

»Schick«, nickte ich. »Den vierten Teil von *Fluch der Karibik* kenne ich noch nicht.«

Auf dem Weg nach Hause erzählte ich Henny das

Neueste in Sachen Vaterermittlung, und sie fand es fürs Erste gar nicht so schlecht. Aber sie verstand natürlich auch, dass mir das alles zu lange dauerte, zumal ja nicht klar war, dass meine Mutter und ich im Sommer nach Istanbul fliegen würden. Dazu hatte sie noch gar nichts gesagt.

Unversehens brach die Sonne durch eine Wolkenlücke, und Henny reckte sofort ihr Kinn.

»Sag mal, wollen wir nicht noch kurz zu deinen Kühen? Ich habe so lange keine echten mehr gesehen.«

»Mit Kühen hab ich es nicht mehr so«, sagte ich. »Eher mit Katzen.«

»Katzen?« Überrascht sah Henny mich an. »Oh, das ist gut, sehr gut! Ich wusste doch, dass man mit dir noch was anfangen kann.«

»Hast mich angesteckt«, sagte ich und schloss die Haustür auf. »Okay, dann lassen wir aber deine Sachen hier. Gib mal die Tasche, ich stelle sie in den Flur.«

»Henny und ich gehen ein bisschen raus zum Feld, ja?«, rief ich ins Wohnzimmer.

»Alles klar, viel Spaß.«

Nachdem sich der letzte Wolkenberg verzogen hatte, knallte die Sonne so heiß auf den Feldweg, dass wir gleich unsere Jacken ausziehen mussten. Die Wiesen schwitzten die Feuchtigkeit aus, und auf einmal begannen alle Grillen im hohen Gesträuch gleichzeitig zu zirpen.

»Wow!«, machte Henny. »Das ist ja wie im Urlaub!«

»Nur ohne Kraftkühe«, warf ich lächelnd ein. Die Weide war leer, aber mit den dichten, im Wind wogenden Gräsern fand ich es auch gerade richtig schön. Henny drehte sich um und quiekte los.

»O nein, Eve! Guck doch mal! Wahnsinn!«

Hinter uns, über den Wipfeln der Bäume, spannte sich ein breiter, bunt schillernder Regenbogen.

»Boah, ist das irre hier!«

Es gefiel mir, dass Henny so begeistert war. Und so wie sie den vielen kleinen Dingen um uns herum Beachtung schenkte, schrumpften auch meine Vorbehalte. Sie hatte schon recht, aus der Ferne und bei sonnigem Wetter betrachtet, war es hier wirklich manchmal ziemlich nett.

Am Weg dufteten die Blüten unzähliger Holunderbäume, und am Ende der Weide öffnete sich das Feld mit Raps und Kamille. Alle Pflanzen waren in den vergangenen Wochen durch viel Sonne und Regen hochgeschossen und boten nun an, was sie hatten.

»Warte mal«, sagte Henny und hielt inne. »Hörst du das?«

»Ja, Bienen.«

Je mehr wir uns auf das Geräusch konzentrierten,

umso lauter wurde es und umso mehr fleißige Brummer sahen wir auf den Blüten herumkrabbeln.

Auf der anderen Seite des Feldwegs trabte ein Reiter auf seinem weißgescheckten Pferd in Richtung Bauernhof davon.

»Wenn ich hier wohnen würde, wär ich nur draußen«, seufzte Henny verzückt. »Mann, Eve, ich will das auch.«

»Wir können ja tauschen«, schlug ich vor.

»Sofort«, sagte Henny. »Doof ist nur, dass meine Eltern so sture Prenzlberger sind. Die kriege ich da nicht weg.«

Und weil sich Lichterfelde heute wohl besonders reizvoll präsentieren wollte, schenkte es Henny und mir noch ein Erlebnis der ganz speziellen Art.

Ich hatte sie nach *Sibirien* geführt; so nannte ich eine große, von Birken umgebene Lichtung, die aussah wie die Taiga in Sibirien. Dort hatte der Bauer für Spaziergänger grob gezimmerte Bänke aus Baumscheiben und Brettern hingestellt, von wo aus man weit über die Äcker gucken konnte.

Erst als ein paar Lerchen aufflogen, bemerkten Henny und ich den Bussard, der über ihnen kreiste. Er ließ sich einen Meter abfallen, peilte, ließ sich erneut ein Stück abfallen, um dann im Sturzflug ins Rapsfeld einzutauchen. Mit einer Maus in den Klauen kam er wieder heraus, flog über unsere Köpfe hinweg und ließ sich in der Nähe auf einem Ast nieder. Wir rührten uns nicht. Obwohl es uns schon ein wenig schauderte, mit welchem Behagen der Bussard seine Beute zerlegte, hatte es auch eine Faszination, der wir uns nicht entziehen konnten. Bis auf den Schwanz fraß er alles ratzekahl auf, warf sich wieder in die Luft und verschwand.

»Wow«, rief Henny beeindruckt. »Das ist ja der reinste Serengetipark hier!«

»Und was sagt dein Schamane dazu?« Neugierig blinzelte ich meine Freundin von der Seite an.

»Zu welchem der fünfzehn Krafttiere in den letzten drei Minuten?«

»Zum Bussard.«

»Eine schlaue Wahl«, grinste Henny. »Der Bussard kündigt Veränderungen an. Er ist ein Zeichen für Neubeginn und schnelle Entscheidungen.«

»Hey, das gefällt mir!«, lachte ich. »Was noch?«

»Er kann auch ein Bote sein, der alte Sachen wieder ans Tageslicht bringt, über die vielleicht schon längst Gras gewachsen ist. Er lüftet Geheimnisse oder kündigt die Lösung für ein wichtiges Problem an.«

»Woher weißt du das nur?« Erstaunt krauste ich die Stirn. »Und wie kannst du dir das alles merken?«

Henny lächelte geschmeichelt. »Es interessiert mich

einfach. Das ist es. Und manchmal, wenn ich Frust hab, hilft es, die Dinge anzunehmen, die gerade passieren.«

»Verstehe ich nicht.«

»Das kommt noch«, lächelte meine Freundin wieder. »Ganz sicher.«

Das Komplott

Fast wäre ich auf einen dicken Maikäfer getreten, der über unsere Terrasse krabbelte. In letzter Sekunde konnte ich meinen Fuß noch danebensetzen. Seelenruhig wechselte er die Richtung und lief weiter. Henny guckte erst das Tier und dann mich an.

»Nee, nee, nee«, sagte ich entschieden. »Ich will jetzt nichts über Maikäfer wissen.«

»Aber …«

»Gar nichts. Der Bussard war super, das reicht mir.«

Henny wollte noch etwas sagen, doch meine Mutter öffnete die Tür.

»Hallo, Henny! Schön, dass du uns mal wieder besuchst. Kommt rein, ihr zwei.«

Gemeinsam setzten wir uns an den Tisch.

»Ich glaube, ich bin fündig geworden«, sagte meine Mutter. »Soll ich sie dir mal zeigen? Ich bin mir aber nicht sicher«.

Ich nickte und schielte unruhig zum Bildschirm hin.

Auf dem Foto lächelten ein Mann und eine Frau Kopf an Kopf in die Kamera, beide mit schwarzen Haaren und Augen. Sie wirkte noch sehr jung, eher wie ein Mädchen. Er schien um einiges älter zu sein, was aber auch an seiner Fülle und dem Bart liegen konnte.

»Wie bist du auf sie gekommen?«, fragte ich. »Sieht sie ihm ähnlich?«

»Ich weiß nicht.« Meine Mutter zuckte die Schultern. »Irgendwie die Augen, dachte ich. Oder die Augenbrauen. Ach, keine Ahnung. Wahrscheinlich ist das alles Blödsinn.«

»Wollen wir sie anschreiben?«, fragte ich.

»Nein, dafür bin ich mir zu unsicher.«

»Fliegt ihr in den Sommerferien hin?« Henny hatte die Frage gestellt, die mir am meisten zu schaffen machte, und ich war ihr unendlich dankbar dafür. Ich hätte mich das nicht getraut, weil es meine Mutter unter Druck setzte.

»Hmm«, machte sie und kniff die Lippen zusammen. »Klar, überlege ich. Wahrscheinlich erfahren wir vor Ort wirklich mehr, aber …«

»Zu teuer?«

»Ja, auch das.« Meine Mutter stand auf, ging an den Vorratsschrank und kam mit einer Packung Keksen wieder, die sie offen auf den Tisch legte. »Ich will jetzt erst mal abwarten. Ich habe ja auch über unsere Redaktion eine Suche gestartet, möglicherweise kommt aus der Richtung noch was.«

Henny nickte verständnisvoll, und ich merkte, wie mein alter Groll hochkam. In einer Woche hatten wir Pfingstferien, und die endlose Warterei in Verbindung mit der Gewissheit, dass an den Feiertagen keine Chance auf Auskunft bestand, machte mich fertig. Warum tat sie es nicht einfach? Warum schrieb sie nicht einfach alle Ela Gürsoys an? Warum beauftragte sie nicht ein Detektivbüro, zum Donner nochmal? So teuer konnte das doch gar nicht sein. Außerdem, war sie mir diese Investition nach fünfzehn Jahren nicht schuldig? Konnte sie nicht endlich mal etwas wirklich Großes für mich tun? Etwas Bedeutendes? Ein Zeichen setzen? Für mich? Ging das nicht? Konnte das eine Mutter, die ihre Tochter liebte, nicht einfach mal tun? Oder war ihre Bereitschaft nur ein fieses Spiel mit meiner Gutgläubigkeit? Augenwischerei? Show? Tat sie am Ende nur so, als würde sie meinen Vater suchen? Schrieb sie bewusst nur solche Stellen an, von denen sie keine Rückmeldung erwartete? Oder die extrem lahm waren? Um das Finden hinauszuzögern und dann vielleicht ganz vermeiden zu können, weil sie so eine Angst davor hatte? War es so? Hatte ich ihre Angst mal wieder unterschätzt, weil ich es so gern wollte? Weil ich es mit aller Macht wollte? Musste ich am Ende doch alles selbst machen? Das zum Thema Bussard und schnelle Entscheidungen! Mit einem Mal überkam mich eine Müdigkeit, die meinen ganzen Körper erfasste. Ich hatte das Gefühl, mich hinlegen zu müssen, die Augen nicht mehr offenhalten zu können, vor Erschöpfung nicht einmal die Treppe nach oben bewältigen zu können. Und ich wollte kein Wort mehr von meiner Mutter hören. Es kam mir alles verlogen und falsch vor.

Henny merkte, dass etwas mit mir nicht stimmte, und schlug vor, in mein Zimmer zu gehen.

»Ja, das macht mal«, sagte meine Mutter. »Dann gucke ich im Bett auch noch Fernsehen.«

Das Knabberzeug in der einen, ihre Tasche in der anderen Hand, stieg Henny vor mir die Treppe hinauf. Ich schlurfte hinterher und warf mich sofort aufs Bett. »Ich schlafe beim Film bestimmt ein«, gähnte ich.

Henny setzte sich neben mich. »Kann es sein, dass deine Mutter deinen Vater gar nicht finden will?«

»Keine Ahnung, und ganz ehrlich: Ich will über dieses Scheißthema jetzt nicht mehr reden. Bitte mach einfach den Film an!«

Kaum hatte ich es ausgesprochen, tat es mir auch schon leid. Ich richtete mich auf und nahm Henny in den Arm. »Entschuldige, das war nicht gegen dich.«

»Ich weiß«, nickte sie und sah trotzdem traurig aus. »Schon gut.«

Doch nachdem uns Käpt'n Jack Sparrow gleich in den ersten Minuten zum Lachen brachte, war die gedrückte Stimmung verflogen, und ich konnte abschalten. Zumindest bis zu dem Moment, in dem das Telefon klingelte. Natürlich genau an der spannendsten Stelle des Films. Ich hoffte, dass meine Mutter rangehen würde, aber entweder hörte sie es nicht, oder sie schlief schon und wollte nicht aufstehen.

Weil es penetrant weiterklingelte, sprang ich irgendwann auf und lief hinunter. Es war Sam, der sicher wieder von Elsa und dem Laden schwärmen wollte, und ich hatte schon ein »Du, ich kann jetzt nicht« auf der Zunge, als er mich fragte, ob ich wisse, dass ich eine Tante in Istanbul habe. Erstarrt hielt ich inne, das Telefon am Ohr und rührte mich nicht.

»Jaaa?«, sagte ich langsam. »Seit heute weiß ich das, aber woher weißt du es?«

»Willst du ihre Telefonnummer, ihre E-Mail oder ihre Adresse? Oder alles?«

»Sam, was soll das?«, rief ich. »Wo hast du das her?«

»Von Sinan.«

»Hä? Wer ist Sinan? Kannst du bitte mal so reden, dass ich dich verstehe?«

Und dann berichtete mein Onkel, was passiert war. Ein paar Tage zuvor war er mit Elsa zu meinen Großeltern nach Hannover gefahren, hatte ihnen seine neue

Freundin vorgestellt und bei der Gelegenheit auch über ihre Idee mit dem gemeinsamen Laden gesprochen. Meine Großeltern mochten Elsa auf Anhieb und wollten die beiden, nach ein bisschen Rechnerei, unterstützen. Da es aber gerecht zugehen sollte, hatte mein Opa Sam gefragt, was wir denn, also meine Mutter und ich, am Nötigsten brauchen könnten. Da hatte Sam von meinem Vater erzählt. Meine Großeltern, die schon jegliche Hoffnung aufgegeben hatten, jemals zu erfahren, wer mein Vater war, freuten sich sichtlich. Und sie waren sich sofort einig, dass ich ihn nun endlich kennenlernen müsse. Sam sollte einen Detektiv engagieren, und da er den Namen und die Stadt wusste, hatte dieser meine Tante recht schnell gefunden. Sinan war ein Deutsch-Türke aus Istanbul, der für das Detektivbüro als Übersetzer arbeitete und Sam auf Deutsch berichten konnte, was sie erfahren hatten. Der absolute Knaller war jedoch, dass er nicht nur den Kontakt zu meiner Tante hergestellt, sondern sie auch bereits gefragt hatte, ob sie bereit wäre, sich mit uns zu treffen, und sie hatte ja gesagt.

»O Gott!« Meine Hände begannen zu zittern. »Dann weiß sie jetzt, dass ich … also, dass es mich … gibt?«

»Ja, und sie schien sich sehr darüber zu freuen. Das hat zumindest Sinan gesagt.«

Aber Sam wusste noch mehr. Die Eltern meines Vaters waren nicht im Melderegister aufgeführt, weil sie eine Geheimnummer besaßen. Der Detektiv hatte gesagt, dass es bei manchen Familien üblich sei, die Kontaktdaten nicht zu offen zugänglich zu machen. Zu ihrem eigenen Schutz. Mein Vater war als Sohn der beiden zwar eingetragen, sein Aufenthaltsort jedoch nicht ermittelbar.

»Na, super, dann ist er tot.«

»Das glaube ich nicht«, widersprach Sam. »Weil sein Name sonst irgendwo aufgetaucht wäre. Verstorbene werden auf jeden Fall registriert. Der Detektiv vermutet eher, dass sich dein Vater ein Pseudonym zugelegt hat, unter dem er arbeitet.«

»Aber warum sollte er das getan haben? Damit ihn meine Mutter nicht findet? Weil er nichts mehr mit ihr zu tun haben will?«

»Das kann ich dir leider auch nicht sagen, aber mit den Informationen sollte es für euch nicht mehr allzu schwierig sein, ihn zu finden.«

Ich musste mich setzen. Mit dem Telefon in der Hand sank ich aufs Sofa und sagte nichts mehr.

»Eve, alles in Ordnung mit dir?«

»Ich weiß nicht. Glaub schon.«

»Kommt doch etwas plötzlich, oder?«

»Hmm.«

»Was machst du jetzt?« Sam nieste.

»Gesundheit«, sagte ich. »Mal gucken.«

»Ihr könnt hinfliegen, Oma und Opa übernehmen die Kosten für den Flug und das Hotel. Und auch für Sinan. Er kann euch ein wenig herumführen und übersetzen.«

»Danke«, sagte ich erschöpft. »Aber ich muss jetzt auflegen. Ich … ich …«

Er redete mir noch gut zu, aber ich war nicht mehr aufnahmefähig. Bewegungslos starrte ich durch die Terrassentür in die Dunkelheit. Die Brücke war da, der Weg frei. Doch auch die Angst war da. Millimeter für Millimeter kroch sie in mir hoch. Was, wenn mein Vater tatsächlich seinen Namen geändert hatte, um den Kontakt zu meiner Mutter zu unterbinden? Oder wenn er in der Zwischenzeit doch gestorben war? Oder lebte und uns wegschicken würde? Wenn er böse wäre, dass wir ihn mit solchen Dingen belästigten?

Selbst dann müssten wir es wagen, dachte ich. Es gab einfach keine Ausrede mehr, keine weitere Verzögerung. Jetzt würde es passieren. Jetzt oder nie.

Bevor ich es mir anders überlegen konnte, stand ich auf, klopfte an die Zimmertür meiner Mutter und trat ein. Als sie mich sah, hätte sie vor Schreck beinahe ihr Glas Rotwein verschüttet, weil sie Kopfhörer aufhatte. Mein Gesichtsausdruck schien für sich zu sprechen, denn sie wurde sofort bleich, noch bevor ich auch nur einen Satz gesagt hatte. Und danach versank ihr leerer Blick im flimmernden Bildschirm vor sich. Ob sie verstand, was ich ihr gerade erzählt hatte?

»Mama?«

Sie reagierte nicht.

»Mama?«

Ihr Kopf drehte sich zu mir, doch ihre Augenlider blieben gesenkt.

»Und wenn ich das nicht kann?«

Dann nicht, dachte ich. Dann lässt du es, aber mich hinderst du nicht mehr. Mein Entschluss stand unumstößlich fest. Damit hatte sie nichts mehr zu tun. Es war mir sogar fast egal, ob sie mitkommen würde oder nicht. Es ging nur um mich, und ich würde auch ohne sie mein Ziel erreichen. Das wusste ich ganz genau.

»Dann fliege ich mit Sam«, sagte ich und verließ das Zimmer.

Er hatte es mir angeboten. Er hatte gesagt, wenn sie es nicht macht, fliegen wir beide. Mein Onkel und ich.

»Siehst du?«, sagte Henny, und in ihren Augen glitzerte es verdächtig. »Siehst du, Eve? Ich habe es dir doch gesagt! Die große Veränderung, nichts ist mehr, wie es war!«

»Du schaffst es noch, dass ich auch daran glaube«, lächelte ich und wischte mir ebenfalls über die Augen.

Wir versuchten gar nicht erst, den Film weiter zu gucken. Stattdessen schrieben wir Nachrichten an meine Tante, ohne sie zu versenden. Auf Englisch. Immer wieder neu, weil manches komisch klang, mal zu vertraulich, mal zu kühl, zu unverständlich oder falsch formuliert. Wie schrieb man so was bloß?

»Wollen wir es nicht einfach abschicken?«, fragte Henny, nach dem wir über zehn Versionen geschrieben hatten. »Ist doch jetzt schon gut, oder?«

»Ja, vielleicht«, sagte ich. »Aber ich muss noch eine Nacht drüber schlafen, morgen schicke ich es ab.«

»Ganz die Mama, was?«, stichelte Henny.

»Nee«, sagte ich verlegen. »Aber es ist immerhin die erste Kontaktaufnahme, das muss schon vernünftig sein, sonst löscht sie es sofort, und wir können das Ding vergessen.«

»Quatsch!«, rief Henny. »Ab jetzt läuft es von selbst, wirst sehen!«

Wir fuhren zusammen, als es an der Tür klopfte. Meine Mutter erschien in T-Shirt und Schlafhose und stark geröteten Wangen. Auf ihrer Nase standen Schweißperlen.

»Eve?«, sagte sie mit zittriger Stimme. »Wir … wir fliegen nächste Woche nach Istanbul. Über Pfingsten. Ich hab aber noch kein Hotel, weil … weil Pfingsten ist und …«

»Was hast du gemacht?«

»Ich …«, meine Mutter warf hektische Blicke durchs Zimmer. Kein einziger traf mich oder Henny. »Ich habe Sam angerufen und mir ihre Nummer geben lassen. Und dann … dann habe ich ihr eine Nachricht geschickt und …«

»Und was?« Atemlos hingen Henny und ich an ihren Lippen.

»Und sie … deine Tante hat sofort geantwortet.«

»O mein Gott!«, stöhnte Henny.

»Was hat sie geschrieben?«, fragte ich leise.

»Sie hat geschrieben, dass sie zu ihrem Bruder seit Jahren keinen Kontakt hat, sich aber sehr freuen würde, uns, und vor allem dich, kennenzulernen.«

Stumm guckte ich auf die nackten Füße meiner Mutter, mit dem braunen, Nagellack auf ihren Zehen. Meine Tante wollte mich kennenlernen. Und mein Vater lebte.

»OH. MEIN. GOOOTT!«, rief Henny. »Das ist mit Abstand das Aufregendste, was ich je erlebt habe, und ich werde verrückt, weil nicht ich es erlebe, sondern du!«

»Hat sie … hat sie sonst noch was geschrieben?«

»Nur, dass wir uns melden sollen, wenn wir kommen.«

Mir war seltsam leicht zumute, als würde ich schweben. In sechs Tagen war ich in Istanbul. In sechs Tagen. Ich. Eve Morgenstern. Und ich würde ihn treffen. Meinen Vater. Wie auch immer er hieß. Ziemlich sicher.

In der Nacht träumte ich, mir seien Flügel gewachsen. Ich brauchte nur kräftig Anlauf nehmen, sie ausbreiten und abheben. Ich flog über die Hackeschen Höfe hinweg, knapp über den Dächern in strahlendem Sonnenschein, sah den schiefen Baum und den Brunnen in Hof IV. Überall standen große und kleine Blumentöpfe mit bunten Blüten auf den Balkonen, Efeu und wilder Wein rankte an Dachrinnen und Wänden empor. Es sah aus, als würde sich die Natur ein besonders schönes Stück der Stadt zurückholen. Ich umrundete einmal unsere Schule, und auch sie schien inmitten eines sattgrünen Paradiesgartens zu stehen.

In der Ferne entdeckte ich eine goldene Kuppel und dachte zuerst, es sei der Fernsehturm am Alex, doch als ich näher heranflog, stellte es sich als Moschee heraus. Sie war schneeweiß und wurde von vier langen, schmalen Türmen eingefasst. Dahinter erstreckte sich das Meer, türkisgrün und endlos in den Horizont hinein. Am hellen Sandstrand wogten riesige Kokospalmen im Wind, und ich dachte noch im Aufwachen, dass es hier eher nach Karibik als nach Istanbul aussah.

Henny lag neben mir auf der Isomatte. Ihr Mund stand einen Spalt offen, und ihre Mundwinkel zuckten im Schlaf, als würde sie lächeln. Ich freute mich, dass sie gestern zu mir gekommen war und wir gerade diesen Abend gemeinsam verbracht hatten. Sie hatte recht behalten, nichts war mehr wie vorher. Am liebsten hätte ich auf der Stelle meinen Koffer gepackt, doch ich musste noch drei Tage zur Schule, und meine Mutter hatte unsere Flüge erst für den kommenden Donnerstag gebucht. Wir flogen in der Nacht und würden in den frühen Morgenstunden in Istanbul landen. Der Rückflug war Pfingstmontag, so dass uns vier volle Tage und ein halber in der Stadt blieben. Wie ich es bis dahin aushalten sollte, wusste ich allerdings nicht. Und warum ich mich ausgerechnet auf meine Tante freute, konnte ich auch nicht sagen, schließlich kannte ich sie gar nicht. Wahrscheinlich lag es daran, dass sie zwar mit meinem Vater verwandt, aber eben nicht er war. Sie war der willkommene Puffer zwischen uns.

Henny regte sich auf ihrer Matte. Nachdem sie sich einmal nach rechts und einmal nach links gewälzt hatte, gähnte sie herzhaft und schlug die Augen auf.

»Günaydın«, lächelte sie.

»Günaydın«, gab ich zurück. Wir hatten am späten Abend noch bei einem Deutsch-Türkisch-Übersetzer im Internet gestöbert und Begriffe herausgesucht, von denen wir glaubten, dass ich sie brauchen würde. Günaydın hieß guten Morgen.

»So ein Käse, dass ich gleich nach Hause muss«, maulte sie. »Ich würd viel lieber bei dir bleiben.«

Hennys Oma feierte ihren siebzigsten Geburtstag, und obwohl Henny ahnte, dass es öde werden würde zwischen den vielen alten Leuten, musste sie natürlich mit.

»Ja, schade«, sagte ich, war insgeheim aber auch ein wenig froh, dass ich die Zeit allein nutzen konnte. Ich wollte mich in Ruhe durchs Netz klicken, über Istanbul lesen, Fotos und Sehenswürdigkeiten angucken und die Straße suchen, in der meine Tante wohnte. Vielleicht fand ich sogar ihr Haus über Street View?

Während Henny sich anzog und ihre Sachen zusammenpackte, ging ich ins Bad. Kaffeeduft lag in der Luft, also war auch meine Mutter wach. Als wir kurz darauf zum Frühstück kamen, sah ich an ihren dunklen Augenrändern, dass sie mal wieder kaum geschlafen hatte.

»Seit wann bist du auf?«, fragte ich, und sie seufzte. »Seit vier.«

»Oha, warum?«

Meine Mutter zuckte die Schultern. »Ich fürchte, der Rotwein ist mir nicht so gut bekommen gestern.«

Henny und ich tauschten einen schnellen Blick. Wir

wussten, dass meine Mutter ohne den Rotwein wahrscheinlich weder Sam angerufen noch meiner Tante geschrieben und schon gar keine spontanen Flüge nach Istanbul gebucht hätte.

»Du kannst dich ja gleich wieder hinlegen«, sagte ich. »Henny fährt nach dem Frühstück, und ich muss eh noch was für die Schule tun.«

Meine Freundin grinste, weil ihr klar war, dass ich garantiert nichts für die Schule tun würde, und ich funkelte sie warnend an, damit meine Mutter nicht auch noch mit der Nase darauf gestoßen wurde.

Doch meine Mutter hatte keine Antennen für Schulthemen heute. Sie musste damit zurechtkommen, dass die Sache jetzt richtig ins Rollen geraten war und sich nicht mehr stoppen ließ.

Ich vermutete, dass es das war, was ihr nicht so gut bekam, und war nicht böse, als sie uns fragte, ob sie uns alleinlassen könne.

Nachdem sie in ihrem Zimmer verschwunden war, unterhielten Henny und ich uns leise über das, was mir bevorstand. Und auch wenn ich ein wenig Bammel hatte, tat mir ihr Neid sehr gut. Sonst hatte immer ich sie beneidet, um ihr Aussehen, ihren Erfolg bei den Jungs und um ihr unerschütterliches Selbstbewusstsein. Ich hatte immer sie sein wollen. Zum ersten Mal geschah in meinem Leben nun etwas wirklich Aufsehenerregendes, und Henny jammerte, wie fies sie es fände, dass es gleich so ein Riesending sein müsse. Mit Istanbul, türkischer Tante und türkischem Vater, und ich wusste genau, was sie meinte. Zum ersten Mal wollte ich keine andere sein als ich selbst.

Die Stadt

Die meiste Zeit des Wochenendes verbrachte ich allein in meinem Zimmer. Zum einen, weil meine Mutter extrem wortkarg geworden war, zum anderen, weil mich Natalie angerufen hatte, um mir zu sagen, dass wir am Montag einen Überraschungstest in Englisch schreiben würden. Ihr Freund Maurice war der Sohn unserer Lehrerin Frau Lemberg, und der hatte es Natalie verraten.

Im ersten Moment nervte es mich zwar, fünfzig Vokabeln lernen zu müssen, doch als Ablenkung zu Istanbul war es nicht schlecht.

Trotzdem gingen bei mir Montagmorgen alle Lichter aus, als der Zettel vor mir lag. Ich wusste keine englische Vokabel mehr. Dafür flitschten plötzlich zig türkische in meinem Hirn hin und her, die ich mir gemerkt hatte. Anfangs konnte ich noch von Henny abschreiben, bis mich Frau Lemberg erwischte und mich allein in die letzte Reihe setzte. Das war es dann mit dem Test.

In der letzten Stunde war Sport, und weil ich meinen Finger noch nicht belasten konnte, hatte ich frei. Langsam schlenderte ich durch die Rosenthaler Straße zur Bahn. Vor dem Schaufenster von *Tukadu* blieb ich eine Weile stehen. Da gab es Ohrringe mit winzigen Telefonen, Vogelkäfigen, Messern, Gabeln und Tortenstückchen, Ketten, an denen Schallplatten und Micky-Mäuse hingen, Ringe mit witzigen Hunde- und Katzenmotiven und unzählige Boxen mit den unterschiedlichsten Steinen und Perlen. Früher hatte ich hier oft Material für meinen Schmuck gekauft, seitdem wir in Lichterfelde wohnten gar nicht mehr. Ich dachte daran, dass meine Tante vielleicht auch eine Tochter hatte und es eigentlich nett wäre, ihr etwas Selbstgemachtes mitzubringen. Zehn Euro hatte ich noch in der Tasche und als ich *Tukadu* verließ, war es noch einer. Dafür hatte ich nun eine grüne Kugelkette mit einem bemalten Schleichtier-Löwen.

Am Nachmittag schoss ich mich mit *Fluch der Karibik* Teil 4 weg, den Henny dagelassen hatte, und ließ gleich danach noch einen anderen Film laufen. Leider war der so schlecht, dass ich mehr im Zimmer herumwuselte und Sachen heraussuchte als zu gucken. Obwohl ich mich die ganze Zeit beschäftigte, schienen sich die Zeiger der Uhr kaum zu bewegen. Erst als es draußen dunkler wurde und meine Mutter kam, wusste ich, dass nur noch zwei Tage zu überstehen waren.

Ich staunte nicht schlecht bei ihrem Anblick. Sie war beim Friseur gewesen und hatte nicht nur kürzere, sondern auch blondere Haare. Das sah richtig gut aus. Und irgendwie wirkte sich das auch auf ihre Stimmung aus. Nicht, dass sie jetzt viel mehr sprach oder Vorfreude gezeigt hätte, ich hatte eher den Eindruck, dass sie sich wieder etwas wohler in ihrer Haut fühlte. Ob sie so aufgeregt war wie ich, konnte ich nicht einschätzen.

Eins hatten wir jedoch gemeinsam, wir konnten beide kaum etwas essen. Die letzten Tage ernährten wir uns hauptsächlich von Kräutertee, was zur Folge hatte, dass ich wegen Schwindel leider zu Hause bleiben musste. Vielleicht hätte ich zur Schule gekonnt, höchstwahrscheinlich sogar, aber es passte mir einfach zu gut in den Kram. Ich hatte mich bei dem Telefonat mit Natalie verplappert, und nun wussten außer ihr und Henny auch Marlene und Clara, warum ich nach Istanbul flog. Natürlich kannte ihre Neugier keine Grenzen, und obwohl ich keine Fragen beantworten konnte oder wollte, gingen mir schon ihre bohrenden Blicke auf den Geist. Allein die wollte ich nicht sehen. Auch Henny war zu einem nervösen Gummiball geworden, der die ganze Zeit herumhopste, albern gackerte und mich noch verrückter machte, als ich sowieso schon war.

Statt in der Schule zu sitzen, versuchte ich meinen Kreislauf mit einem frisch gepressten Orangensaft im Liegestuhl zu stabilisieren, was auch nicht funktionierte, weil es in der Sonne einfach zu heiß war. Entnervt warf ich mich aufs Sofa und starrte an die Decke. Am liebsten hätte ich mich für achtundvierzig Stunden eingefroren und erst zum Abflug aufgetaut. In der Nacht träumte ich wieder vom Abgrund und der Holzbrücke, die beim ersten Schritt unter mir wegbröselte und ich mich in allerletzter Sekunde vor dem Sturz in die Tiefe bewahren konnte.

Am Mittwochnachmittag kam meine Mutter früh von der Arbeit, brachte Maki-Sushi mit Gemüse und Shitake-Pilzen mit, die ich so gern mochte. Und danach ging es wirklich ans Packen. Ich brauchte keine zehn Minuten und nicht einmal einen Koffer. Meine wenigen Sachen fanden alle im Sportrucksack Platz, im Gegensatz zu meiner Mutter, die erst einmal alles auf ihr Bett legte, sortierte, weghängte, etwas anderes herausnahm und danach die ganze Auswahl zu bügeln begann.

»Was machst du da bloß?«, fragte ich. »Wir sind doch nur vier Tage weg?«

»Kümmere du dich um deine Tasche und lass mich meine machen, ja?«

»Schon gut«, sagte ich entschuldigend. »Ich lege mich noch ein wenig hin, weckst du mich um neun?«

»Ja, sicher. Und nun … bitte … geh.«

Jedes weitere Wort wäre zu viel gewesen, also verzog ich mich in mein Zimmer, um noch ein wenig mit Henny zu schreiben. Doch weil sie nebenher noch mit jemand anderem schrieb, mir aber nicht sagte, mit wem, dauerte es zwischen den einzelnen Nachrichten derart lange, dass ich einschlief. Ich sackte so tief weg, dass mich meine Mutter an der Schulter rütteln musste.

»Eve«, flüsterte sie. »Es geht los.«

Das Erste, was ich von der Stadt sah, waren die Lichter. Millionen Lichter, die das Dunkel mit Leben sprenkelten, von sanft glimmenden Adern durchzogen, wie Glut bei einem ausgehenden Feuer. Istanbul. Auf einmal wusste ich, warum ich bei der Erwähnung dieses Namens jedesmal ein Ziehen in der Magengegend gehabt hatte. Es war nicht nur der Klang, Istanbul, es war die Magie des Ortes, die mit den Lichtern in den Nachthimmel aufstieg. Die sich über tausende Kilometer Entfernung auf mich übertragen hatte, ohne dass ich je einen Fuß auf türkischen Boden gesetzt hätte. Die ich immer gespürt hatte, weil sie vielleicht schon seit jeher in mir gewesen war? Ein Teil von mir kam von hier.

Das spürte ich so deutlich wie noch nie zuvor. Gab es vielleicht doch Zauberei?

»Da sind die Bosporusbrücken«, wisperte meine Mutter und zeigte auf zwei grünlich gold schimmernde Bänder über der Meerenge.

Ich nickte nur, weil ich keine Worte hatte für das Bild, für das, was es auslöste, für das Gefühl. Ich wusste nur, dass ich zur richtigen Zeit am richtigen Ort war und dass ich diese Stadt lieben würde. Das wusste ich schon jetzt.

Nachdem das Flugzeug gelandet war und in seiner Parkposition stand, sprangen fast alle Fluggäste sofort auf und nahmen Jacken und Gepäck aus den Ablagefächern.

Meine Mutter und ich blieben sitzen, da wir ohnehin warten mussten, bis die Treppe ans Flugzeug gerollt wurde und der Bus vorfuhr, der uns zum Flughafengebäude bringen würde.

Während des Fluges hatte ich kaum auf die Türken geachtet, die mit uns reisten. Plötzlich schienen es mehr zu sein als Deutsche. Ich hörte Worte, Sätze, die vielleicht eine Bitte waren oder ein Scherz, eine Entschuldigung oder ein Verbot für das Kind. Von überall her streiften mich die Fetzen einer Sprache, die ich gern verstanden hätte.

Als nur noch wenige an Bord waren, nahmen auch

meine Mutter und ich unser Gepäck und folgten den anderen aus der Maschine. Die Flugbegleiter standen freundlich lächelnd am Ausgang, wünschten uns einen angenehmen Aufenthalt und drückten mir ein Schokoladenherz in die Hand.

»Merci«, sagte ich, bemüht es türkisch klingen zu lassen, so wie ich es im Internet gehört hatte.

»Rica ederim!«, erwiderten beide mit einer kleinen Verbeugung und ich konnte nur vermuten, dass es so etwas wie *bitte schön* heißen sollte.

Kaum war ich hinter meiner Mutter auf die Gangway getreten, erhob sich die Stimme eines Muezzins in die dichte, warme Luft. Sein Gebet hallte in mir wider. Es war die Sehnsucht, mit der ich meine Mutter mein Leben lang bedrängt hatte und die sie mir nicht erfüllen konnte. Bis jetzt. Ich atmete tief ein, als könnte ich damit die Jahre zurückholen, die ich ohne das hatte leben müssen. Am Ende der Landebahn schob sich die Sonne zwischen zwei kleinen Wolken hindurch und überzog den Himmel mit orangerotrosagelbem Licht.

Ich kam mir vor wie in einem Film, das konnte doch nicht echt sein, oder? War ich wirklich und wahrhaftig hier?!

Meine Mutter stand bereits unten, drehte sich zu mir um und lächelte. Es war ein ungewohnt offenes und sehr schönes Lächeln.

Der Bus fuhr erst ab, als er so voll war, dass niemand mehr umfallen konnte. Türkische Radiomusik erklang aus den Lautsprechern, und manche Gäste verdrehten die Augen. Ich mochte das Gedschingele der Mandolinen, die ich aus den anderen Instrumenten heraushörte. Es hatte doch immer wieder Vorteile, eine Waldorfschülerin zu sein.

An der Passkontrolle mussten wir eine Weile warten, weil die Beamten jeden Ausweis mit militärischer Präzision prüften. Ein Blick auf das Passbild, ein Blick auf die Person, dann wieder ein Blick auf den Pass, Seite umblättern, wieder kontrollieren, ablegen, weiterblättern, kontrollieren, ein letzter ernster Blick auf den Fluggast, Stempel drauf und durch.

»Was machen wir jetzt eigentlich?«, fragte ich, als wir zur Gepäckausgabe gingen.

»Tja, das ist eine gute Frage«, nickte meine Mutter. »Ein Hotel haben wir noch nicht, und mit deiner Tante und dem Dolmetscher treffen wir uns erst morgen.«

»Warum?«

»Na, ich wollte nicht gleich mit der Tür ins Haus fallen, weißt du? Lass uns ein Hotel suchen, bisschen ausruhen und dann in der näheren Umgebung irgendwas ansehen.«

Ich war mit allem einverstanden. Ich wäre wahrscheinlich auch einverstanden gewesen, wenn meine Mutter gesagt hätte, dass wir jetzt noch zehn Stunden Bus fahren müssten, um zu meiner Tante zu kommen. Aber so weit war es dann wohl doch nicht. Sie wohnte in Beşiktaş, und das lag, laut Auskunft eines netten Mitreisenden, etwa anderthalb Stunden vom Flughafen entfernt auf der europäischen Seite.

»Was hast du denn mit ihr verabredet?«, fragte ich.

»Ich habe gedacht, dass ein neutraler Ort vielleicht das beste für uns alle wäre, deshalb suchen wir uns einfach ein Hotel, und ich schicke Ela die Adresse. Dann treffen wir uns dort oder in einem Café der Nähe.«

»Ja, das klingt gut«, sagte ich und gähnte. Die Nacht ohne Schlaf begann ihre Wirkung zu zeigen. Wir hatten unser Gepäck auf einen Gepäckwagen geladen und wandten uns zum Ausgang.

Trotz der frühen Stunde warteten dort viele Menschen auf ihre Verwandten oder Freunde. Der Mann, der uns Auskunft gegeben hatte, ging mit seiner Frau und seiner kleinen Tochter vor uns. Verschlafen hielt sie einen zerknautschten Stoffhasen an sich gedrückt.

Hinter der Absperrung wurden Rufe laut, und eine Traube von Menschen drängelte sich zu den dreien durch. Als ich dann sah, wie herzlich sie sich begrüßten, manche sogar Tränen der Wiedersehensfreude weinten, wurde ich neidisch. Was musste es für ein herrliches Gefühl sein, nach einer langen Reisenacht anzukommen und dann von Vater, Mutter, Bruder, Schwester, Tante, Onkel, Oma und Opa in die Arme genommen zu werden? Gab es etwas Schöneres?

Die Kleine hielt sich ihren Stoffhasen vors Gesicht, während eine der älteren Frauen sie küssen wollte. Vielleicht hätte ihr nach der Nacht im Flugzeug eine etwas ruhigere Begrüßung gutgetan. Aber dieses Mädchen wusste ganz genau, von wem sie abstammte und zu wem sie gehörte. Sie war ein ganz selbstverständliches und geliebtes Mitglied ihrer Familie.

Ich sah ihnen nach, bis sie das Flughafengebäude verließen.

»Sieh mal, da gibt es Kaffee und Sandwiches.« Meine Mutter steuerte auf einen leeren Tisch zu. »Wartest du hier, dann hole ich uns was?«

Ich nickte und setzte mich neben unseren Gepäckwagen auf einen Stuhl. An einem der anderen Tische saß eine asiatisch anmutende Frau mit ihren drei Kindern. Eins lag im Kinderwagen und schlief. Als der Vater mit dem vollen Tablett an den Tisch kam, ertappte ich mich dabei, dass ich jemand anderen erwartet hatte, nämlich einen ebenfalls asiatisch aussehenden Mann. Dieser war jedoch Türke, ohne Zweifel. Ich hatte ihn mit der Bedienung sprechen hören, und seine Frau konnte ebenfalls Türkisch. Eine asiatisch-türkische Familie. Warum auch nicht? War das etwas Besonderes? War das nicht eigentlich normal? Und warum achtete ich plötzlich so sehr auf Familien?

»Kaffee oder Tee?«, rief meine Mutter vom Tresen.
»Tee.«
»Magst du auch was essen?«
Ich nickte.
»Es gibt hier Sesamkringel, willst du einen?«
»Ja.«
Meine Mutter brachte uns dampfenden Tee, und auch die Kringel waren noch warm und wunderbar knusprig. Selten hatte ich etwas so typisch Türkisches gegessen, hoffentlich gab es die in der Stadt auch! Der Tee hatte ein starkes und leicht bitteres Aroma, so dass ich ein Stück Zucker mehr nahm und danach gleich etwas wacher war. Auch meiner Mutter schien der Tee gutgetan zu haben.

An der Touristeninformation sagte uns eine Frau auf Deutsch, dass wir mit dem Bus bis Aksaray, dann mit der Standseilbahn über den Bosporus und weiter mit dem Bus bis Gayrettepe fahren müssten. Von da konnten wir einen Minibus, ein Dolmuş oder ein Taxi nehmen, um nach Beşiktaş zu kommen. »Aksaray«, flüsterte ich, während meine Mutter an einem Schalter Chipkarten kaufte, die wir in den nächsten Tagen als Fahrkarten benutzen würden. »Wir fahren nach Aksaray.«

Nach uns sprang noch eine Frau in den Bus, dann fuhr er los. Wir ließen das riesige Flughafengelände hinter uns und bogen auf die Hauptverkehrsstraße Richtung Zentrum ab.

»Guck mal, da.« Meine Mutter zeigte auf eine Baustelle, wo sich ein Hund im Sand eingerollt hatte und schlief. Aber es war nicht nur einer. Im Vorbeifahren sah ich, dass dort mehrere Hunde im Sand verteilt lagen. Auch auf den Bürgersteigen streckten sie sich aus oder schnüffelten am Straßenrand nach Essensresten.

»Sind das etwa alles Streuner?«

»Ja«, sagte meine Mutter. »Hunde und Katzen gibt's hier zuhauf.«

Die erste halbe Stunde starrte ich gebannt aus dem Fenster, um bloß nichts zu verpassen, doch die Straßen und Häuser waren kaum anders als bei uns. Einzig der Fahrstil des Busfahrers war gewöhnungsbedürftig. Er fuhr einfach auf eine sich bietende Lücke zu, hupte zweimal und fuhr weiter, auch wenn die Fahrzeuge neben uns ebenfalls hupten und weiterfuhren. Ein paar Mal kniff ich die Augen zu, weil ich sicher war, dass es gleich krachen würde. Wenn ich die Augen wieder öffnete, hatten wir die kritische Stelle passiert, und es ging auf die nächste Lücke zu.

»Gut, dass ich hier nicht Autofahren muss«, sagte meine Mutter und nahm ihr Handy heraus, weil sie eine Nachricht erhalten hatte. »Ach, von Sinan, er fragt, ob wir schon heute Lust auf einen Bummel durch den Basar haben?«

»Der Dolmetscher?«

»Ja, hast du oder hast du nicht?«

»Ich weiß nicht«, sagte ich. »Wir kennen den doch gar nicht.«

»Na und?« Schmunzelnd sah mich meine Mutter an. »Dann lernen wir ihn eben kennen!«

Und dich lerne ich auch grade kennen, schoss es mir durch den Kopf. So warst du früher nicht.

»Hmm«, machte ich. »Aber ich hab keinen Bock, die ganze Zeit mit dem zu reden.«

»Musst du ja auch nicht, das mache ich dann schon. Außerdem ist es doch nett, dass er seine Freizeit opfert, um uns herumzuführen. Er nimmt nicht einmal Geld dafür. So was würdest du in Deutschland nie erleben.«

»Hmm«, machte ich noch einmal. Eigentlich hatte ich mich auf den Tag allein mit meiner Mutter eingestellt. Außerdem wusste ich nicht, wie lange ich noch ohne Schlaf durchhalten würde. »Ich bin voll müde.«

»Dann machen wir es anders«, sagte meine Mutter. »Ich frage ihn, ob er uns ein Hotel empfehlen kann. Da mieten wir uns ein, schlafen ein bisschen und treffen uns später mit ihm.«

Ich nickte, und sie tippte.

Kurz darauf hatten wir die Adresse eines Hotels in der Nähe von der Busstation Aksaray. Doch davon erfuhr ich erst später, weil ich an der Schulter meiner Mutter eingeschlafen war. Der Bus schaukelte mich in einen unruhigen Traum, in dem es rauschte und dröhnte wie im Flugzeug. Es war stickig, und ich bat die Flugbegleiterin um etwas zu trinken. Henny brachte mir eine Cola, doch als ich den Deckel öffnete, kamen nur ein paar Spritzer heraus. Die Dose war leer und mein Mund trocken. Ich hatte elenden Durst. Dein Vater hat noch was für dich, sagte Henny und wies auf die Sitzreihe hinter mir. Da stand mein Aprikosenblütenrahmen auf dem Klapptisch, mein Vater steckte drin und prostete mir zu, doch es war nicht nur winzig, sondern ein Film, der im Rahmen lief. Ich hatte so entsetzlichen Durst, dass ich nicht mal hinsehen konnte, wie mein Vater denn nun genau aussah. Plötzlich sackte das Flugzeug ab, der Rahmen kippelte, und um ihn aufzufangen, machte ich eine abrupte Bewegung. Davon wurde ich wach. Der Bus fuhr um eine Haarnadelkurve, die kein Ende zu nehmen schien, immer weiter rum und rum, und ich war froh, dass ich nur einen Sesamkringel und etwas Tee zu mir genommen hatte.

»Wir sind gleich da«, sagte meine Mutter. »Da vorne ist schon der Parkplatz.«

»Ich hab so'n Durst«, ächzte ich.

Meine Mutter hielt mir die geöffnete und noch volle Colaflasche hin. »Hier, nimm einen Schluck.«

Das Hotel

Als wir aus dem klimatisierten Bus stiegen, schlug uns feuchte Hitze entgegen. Es würde ein warmer Tag werden, trotz der Wolken, die den Himmel bedeckten.

Unschlüssig standen wir mit unserem Gepäck an der Busstation. Um uns herum hasteten Menschen zur Arbeit, trugen schwere Lasten auf dem Rücken, bauten ihre Stände auf, kauften Gebäck bei einem der Händler, deren gläserne Schubwagen sich in kurzen Abständen aneinanderreihten, oder sprangen in eins der Taxis. Sie alle wussten, wo sie hinwollten, kannten sich aus, hatten einen Plan und ein Ziel. Ich fühlte mich mit einem Mal fremd und verloren. Es war alles so unübersichtlich hier, so groß, so laut und stickig, wie sollte man sich da zurechtfinden?

Ihren Koffer hinter sich herziehend steuerte meine Mutter auf eine Buchhandlung zu, deren bärtiger Inhaber in der Tür seines Ladens rauchte.

»Sorry, we are looking for a map. An Istanbul map. Do you have one?«

Ein Stadtplan war nicht die schlechteste Idee, damit wir zumindest in etwa wussten, in welche Richtung wir fahren mussten. Das Internet konnten wir nicht benutzen, weil wir keine Verbindung hatten und es irrwitzig teuer war, im Ausland einfach so ins Netz zu gehen.

»Yes«, sagte der Mann, trat seine Zigarette aus und bedeutete uns zu folgen. Der Rucksack wurde immer schwerer, zumal ich noch eine zusätzliche Tasche trug. Meine Mutter kaufte einen Stadtplan mit deutschen Erklärungen und fragte den Ladenbesitzer nach dem Hotel, das uns der Dolmetscher empfohlen hatte.

»Very easy«, lächelte er. »You go by Metro, only two stations and then you will be there.«

Der Mann zeigte uns den Weg zur U-Bahn, und ich freute mich auf den Moment, in dem wir unser Zeug nicht mehr durch die Gegend schleppen mussten. Die Metrostation war eine einzige Enttäuschung, stellte ich fest. Sie sah aus wie in Berlin, nur sauberer, fast schon steril, ohne Kippen, Papiere oder Essensreste. Auch die Bahnen selbst waren schicker und neuer als bei uns und kein bisschen orientalisch. Hätte auch London sein können oder Paris oder München, obwohl ich da noch nie war. Ich wusste nicht genau, was ich erwartet hatte, eine Dampflok wohl nicht, aber vielleicht etwas, das mehr zu meinem Bild von Istanbul passte?

Selbst die meisten Menschen sahen so aus und kleideten sich wie wir. Ich bemerkte zwar schon ein paar Frauen mit Kopftuch, aber die gab es in Berlin genauso, und ich konnte keine entdecken, die verschleiert gewesen wäre. Im Gegenteil, die Jüngeren waren nicht von uns zu unterscheiden, und die Mädchen trugen zum Teil Ausschnitte, die ich mich nicht getraut hätte. Also irgendwie hatte ich mir das hier ganz anders vorgestellt.

Dafür lag das Hotel tatsächlich nur wenige Minuten von der Metrostation entfernt in einer kleinen Seitenstraße und entschädigte mich reichlich. Ich hätte nie gedacht, dass die Unterschiede auch in einer anderen Stadt so krass aufeinanderprallen können wie in Berlin. Hier wahrscheinlich sogar noch stärker. Die schmale Straße mit ihren alten, liebevoll restaurierten Häusern wirkte wie eine verwunschene Insel inmitten von hohen Betonbauten, in denen das moderne türkische Leben stattfand. Und wir gingen gerade auf das vergangene zu.

Das Hotel, ein schmales Holzgebäude, wurde rechts und links von ebenfalls alten Steinhäusern gestützt. Ein zufälliges Überbleibsel, das mich in seiner windschiefen Haltung sofort rührte. Es erinnerte mich an eine uralte gebeugte Frau, deren frühere Schönheit noch an jeder Falte ablesbar ist. Die Grundfarbe war hellblau, an manchen Stellen abgeblättert. Fenster, Türen und Balkone setzten sich mit weißen, verspielten Schnitzereien davon ab.

Meine Mutter und ich strahlten uns an.

Auch innen war das Haus ein einziger Traum. Wir traten ins winzige Foyer, und während ich die kunstvollen Holzdecken bewunderte, die vergilbten Fotos der Ahnengalerie betrachtete und stumm betete, dass sie noch ein Zimmer für uns haben mochten, fragte meine Mutter die blonde Frau am Empfang. Sie war ein wenig älter und, wie sich herausstellte, ebenfalls Deutsche. Mit ihrem türkischen Mann bewirtschaftete sie seit einigen Jahren das Hotel. Er war Architekt, und gemeinsam hatten sie aus einer halb verfallenen Holzruine dieses Schmuckstück gemacht.

»Ja«, sagte sie zu meiner Mutter. »Sie haben Glück. Ein Gast, der eigentlich für gestern gebucht war, ist nicht gekommen. Das Zimmer kann ich Ihnen geben. Es ist nicht groß, aber hübsch.« So wie du, dachte ich. Die Frau war kleiner als ich und hatte ein sehr herzliches Gesicht.

»Ich bin übrigens Gisela, und mein Mann heißt Mehmet«, sagte sie, als wir die knarzende Holztreppe in den ersten Stock hochstiegen. Auch wir stellten uns vor und duzten uns gleich, was ich sehr angenehm fand.

»Wie alt ist das Haus?«, fragte meine Mutter.

»Etwa hundertzwanzig Jahre«, erklärte Gisela. »Damals galt Istanbul als hölzerne Stadt.«

»Dann gab es viele dieser Holzhäuser?«

»O ja, sehr viele. Sie sind flexibler als Steinhäuser, und das war wegen der vielen Erdbeben in Istanbul sehr praktisch, weil sie auch stärkere Erschütterungen abfangen konnten. Leider heizten die Menschen damals mit offenen Metallschalen, in denen Kohlen glühten. Das war natürlich gefährlich und führte 1918 wohl auch zur großen Feuersbrunst, bei der ein Drittel aller Häuser abbrannte.«

»Das ist ja schrecklich.« Meine Mutter schauderte.

»Ja, es sind in ganz Istanbul nur ein paar hundert übriggeblieben. Aber ...« Gisela lächelte stolz. »Eins davon gehört uns.«

Sie führte uns in einen kleinen Raum mit einem verschnörkelten Himmelbett, an dem golddurchwirkte Stoffe hingen, und einem hellgrünen Kachelofen in der Ecke.

»Der passt eigentlich nicht hierher«, sagte sie. »Weil die Leute ja ihr Feuer hatten, aber er stand hier und war von Anfang an eins meiner Lieblingsstücke.«

Auch diese Decke war mit prachtvollen Schnitzereien geschmückt, ebenso wie die weiße Brüstung des Balkons.

Gisela bemerkte meinen Blick aus dem Fenster.

»Damals gab es keine Stühle«, erklärte sie. »Man saß auf dicken Kissen am Boden. Und damit man im Sitzen rausgucken konnte, wurden die Fenster sehr niedrig gesetzt.«

»Es ist wunderschön«, seufzte ich.

Ein leicht süßlicher Holzgeruch lag in der Luft, der den Raum noch behaglicher machte.

Erst jetzt dachte ich daran, meinen Rucksack abzustellen, den ich noch immer auf dem Rücken trug.

»Und was führt euch nach Istanbul?« Gisela betrachtete uns neugierig.

»Wir suchen meinen Vater«, sagte ich, und meine Mutter sagte gleichzeitig: »Wir sind Touristen.«

»Oh!« Überrascht pendelte ihr Blick zwischen meiner Mutter und mir hin und her. »Dann wünsche ich euch viel Glück bei der Unternehmung.«

»Danke«, nickte meine Mutter verlegen. Ich würde mir sicher später anhören müssen, dass es nicht nötig war, jedem den Grund unserer Reise auf die Nase zu binden. Doch Gisela war diskret genug, über unsere Unstimmigkeit hinwegzugehen.

»Wie lange werdet ihr bleiben?«, fragte sie. »Da wir nur drei Gästezimmer haben und in einem guten Reiseführer erwähnt wurden, sind wir oft ausgebucht.«

»Vier Nächte«, sagte meine Mutter. »Geht das?«

»Leider nicht.« Bedauernd schüttelte Gisela den Kopf.

»Drei kann ich euch anbieten, danach erwarte ich einen Gast aus Teheran.«

»Schade, aber nicht zu ändern.« Meine Mutter sah mich an. »Dann bleiben wir drei Nächte und suchen uns für die letzte was anderes, oder, Eve?«

»Wenn's sein muss.« Ich setzte mich aufs Bett und ließ mich in die weichen Kissen sinken. Eine wohlige Ruhe breitete sich in mir aus. Ich würde hier schlafen wie ein Baby, das war mal klar.

Gisela lachte. »Ich kann dich gut verstehen, freiwillig würde ich hier auch nie weggehen.«

Sie drehte sich um und wies zur Tür. »Der Zimmerschlüssel hängt da, Frühstück gibt es unten im Salon zwischen sieben und neun, und wenn ihr sonst noch etwas braucht, meldet euch einfach.«

»Danke«, sagte meine Mutter. »Das machen wir.«

»Ach so, das Bad ist direkt gegenüber auf dem Gang.« Damit zog sie sich zurück und ließ uns allein.

»Puh.« Meine Mutter streifte ihre Schuhe ab und legte sich neben mich. »Wollen wir eine Runde schlafen?«

Doch ich hörte es nicht mehr.

Wir wachten beide auf, als der Muezzin zum nächsten Gebet rief. So laut wie es durchs Zimmer schallte, konnte die Moschee nicht weit sein.

Meine Mutter stand auf und schloss das Fenster, doch die Stimme schien durch jede Ritze zu dringen. So war das wohl bei hundertjährigen Holzhäusern, die gaben schon den einen oder anderen Spalt frei.

Der Schlaf, auch wenn er nicht lang gewesen war, hatte uns gut getan.

»Ich geh duschen«, sagte ich, zog meinen Rucksack heran, nahm ein Shirt, meinen langen Rock und Flipflops heraus und trat auf den Flur, der mit dicken Teppichen ausgelegt war. Die Badezimmertür hatte einen goldenen Knauf zum Drehen. Auch dieser Raum war klein, aber genauso bemerkenswert wie der Rest des Hauses. Ich schnappte nach Luft, als ich das Klo sah. Oder was wohl eins sein sollte. Und schüttelte den Kopf. Bestimmt nicht. Garantiert nicht. Wo war die Toilette, also die richtige? Doch es bestand kein Zweifel, wofür das weiße Keramikbecken mit den zwei geriffelten Trittflächen am Rand, dem glatten Abfluss dazwischen und dem Wasserhahn an der Wand sein sollte. Da sollte ich mich draufstellen und ... hinhocken?

Kurzerhand beschloss ich, erst einmal zu duschen. Es gab keine abgetrennte Kabine, sondern nur goldene Armaturen, die aus der mit orientalischen Mustern gefliesten Wand traten, und ein Waschbecken daneben. Der Boden war mit Marmor ausgelegt und leicht abschüssig, um das Wasser zum Abfluss zu leiten.

Ich hängte meine Sachen an einen ebenfalls goldenen Haken hinter der Tür und stellte die Dusche an. Bange schielte ich zum Klo hin. Wie sollte ich da ... machen?

Dafür kam angenehm temperiertes Wasser aus der Leitung, etwas kühler als gewohnt, das meine verschwitzte Haut erfrischte.

»Ein Stehklo ist viel praktischer als unsere Toiletten«, sagte meine Mutter, als ich mich später bei ihr beklagte. »Habe ich gerade erst gelesen, weil die Position beim ...«

»Danke, Mama, reicht«, unterbrach ich sie. »Ich suche mir unterwegs ein anderes.«

»Außerdem ist es tausendmal hygienischer, weil du nirgends drankommst.«

»Gestern war auch schönes Wetter«, sagte ich, und meine Mutter grinste. Sie war wirklich anders geworden, seit wir auf diese Reise gegangen waren, und leider auch peinlicher.

Nachdem sich auch meine Mutter fertig gemacht hatte, war es früher Nachmittag und Zeit für unser Treffen mit dem Dolmetscher. Er hatte angeboten, uns mit dem Auto vom Hotel abzuholen und zum Basar zu fahren.

»Ich geh dann schon mal runter, ja?«, sagte meine Mutter, weil ich noch eine Sprachnachricht an Henny schicken und dabei allein sein wollte. »Damit er nicht warten muss.«

»Ja, ja.«

»Aber mach nicht so lange.«

»Nein, Mama!«

Sie zog die Tür hinter sich zu, und ich berichtete Henny vom schönsten Hotel der Welt, dem unmöglichsten Klo aller Zeiten und schloss mit den Worten, dass ich nun gehen müsse, um meiner Mutter und ihrem Dolmetscher beim Flirten zuzugucken.

Ich wunderte mich schon, als ich ihn von hinten sah. Er hatte pechschwarze, etwas längere Haare und wirkte in seiner kaputten Jeans und Sneakers deutlich jünger als meine Mutter. Doch als er sich umdrehte, hätte ich beinahe die Flucht ergriffen. Der Dolmetscher war kaum älter als ich und viel zu hübsch. Er hatte sonnengebräunte Haut und sehr sanft blickende dunkle Augen, mit denen er mich sofort anstrahlte.

»Das muss Ihre Tochter sein«, sagte er zu meiner Mutter und streckte mir seine Hand entgegen. »Guten Tag, Evelyn. Ich bin Sinan.«

Meine Mutter schmunzelte.

»Ja, ähm … Tag«, haspelte ich und überlegte fieberhaft, was ich vorschieben könnte, um dieser Besichtigungstour zu entgehen. Blöderweise kam mir nur ein einziges Bild in den Sinn, und wenn ich nicht aufpasste, würde mir gleich ein »Ich kann nicht, ich muss aufs Klo!« rausrutschen.

Zum Glück trat gerade Gisela aus der Tür hinter der Rezeption.

»Ach, da bist du ja!«, rief sie Sinan zu und wandte sich an uns. »Darf ich euch meinen Sohn vorstellen?« Ihre Stimme klang ein wenig vorwurfsvoll, als sie weitersprach. »Der nie vorher Bescheid sagt, wenn er Gästen unser Hotel empfiehlt! Manchmal kommen welche extra von der asiatischen Seite der Stadt, und wenn wir voll sind, muss ich sie wegschicken.« Sie puffte ihn an die Schulter, was wegen ihrer Körpergröße nicht ganz leicht war, denn Sinan überragte seine Mutter um ein Vielfaches. »Aber er macht es immer wieder!«

»Hat doch geklappt«, grinste er und drückte seine kleine Mutter an sich. »Sie übertreibt mal wieder. Ich schicke gar nicht so oft Leute her. Aber wenn man mich fragt, was soll ich sonst empfehlen? Das Hilton? Ist doch viel schöner hier.«

»Trotzdem! Du könntest zumindest kurz anrufen und fragen, ob wir ein Zimmer haben.«

»Na gut«, lachte Sinan. »Nächstes Mal.«

»Witzige Konstellation!«, sagte meine Mutter. »Ihr habt das Hotel, und euer Sohn arbeitet als Dolmetscher und bringt die Kunden bei euch unter?«

»Arbeiten kann man das ja wohl nicht nennen!« Ein

hochgewachsener Mann, der verblüffende Ähnlichkeit mit Sinan hatte, war mit einem Korb voller Blumen von draußen hereingekommen. »Er stöbert bei meinem Bruder die hübschesten Frauen auf und führt sie dann durch Istanbul!«

Fröhlich zwinkerte er mir zu und zog zwei duftende Blüten hervor. »Ein Schlitzohr, nimm dich vor ihm in Acht!« Eine gab er meiner Mutter, und eine reichte er mir.

Obwohl mich das alles restlos verwirrte, musste ich lachen.

Sinan sah mich an und lachte ebenso. »Glaub ihm kein Wort! Übertreibung ist eine Familienkrankheit!«

Noch ein Mann trat hinter Sinans Vater ein. Auch hier war die Ähnlichkeit zwischen den beiden Männern unverkennbar.

Die gehörten alle zur gleichen Familie.

»Ich habe Tee gemacht«, sagte Gisela zu uns. »Kommt, wir trinken ein Glas zusammen, dann könnt ihr fahren.«

Wir folgten ihr in den Salon, der aussah wie Gisela uns die Einrichtung aus dem letzten Jahrhundert beschrieben hatte. Mit türkischen Teppichen und Kissen auf dem Holzboden und einem flachen, runden Tisch in der Mitte, auf dem ein Samowar aus funkelndem Messing seinen heißen Inhalt dampfen ließ. Und während wir auf den Kissen Platz nahmen und am starken, süßen Tee nippten, erzählte Mehmet, wie das alles zusammenhing.

Mehmet hatte viele Jahre in Deutschland als Architekt gearbeitet und Gisela kennengelernt. Seine zweite große Leidenschaft galt jedoch den historischen Holzhäusern in Istanbul, für deren Erhalt er sich einsetzen wollte. Mit ihrem Sohn zogen sie nach Istanbul, kauften das Haus und bauten es behutsam zum Hotel um. Sein Bruder Nejat, der in seiner Heimatstadt geblieben war, interessierte sich schon als kleiner Junge für Detektivarbeit und eröffnete nach seinem Studium ein Büro, konnte aber kein Deutsch. Um auch Aufträge aus Deutschland annehmen zu können, half sein siebzehnjähriger Neffe nun ab und zu bei ihm aus.

»Und was willst du nach der Schule machen?«, fragte meine Mutter. »Auch ins Detektivgeschäft einsteigen?«

»Ich schwanke noch«, sagte Sinan. »Kriminalistik ist toll, aber Architektur ist auch klasse. Jetzt mache ich erst einmal die Schule zu Ende, das dauert noch ein Jahr, und bis dahin weiß ich bestimmt mehr.«

»Und wie bist du auf ... die Frau gekommen?« Ich wollte in der Runde nicht zu deutlich fragen.

»Das war nicht ich«, sagte Sinan. »Das hat mein Onkel gemacht. Ich habe es nur übermittelt.«

Mehmet übersetzte seinem Bruder, was ich gefragt

hatte, Nejat lächelte geheimnisvoll, wackelte ein wenig mit dem Kopf und sagte etwas auf Türkisch.

»Betriebsgeheimnis«, sagte Sinan. »Diskretion gehört zum Geschäft.«

»Spannend«, sagte meine Mutter.

»Aber eure Geschichte ist ja auch nicht ohne«, lächelte Gisela und schenkte Tee nach. »Darf ich fragen, ob ihr die andere Person auch gefunden habt?«

Meine Mutter fuhr zusammen, obwohl nicht einmal sein Name gefallen war. Nejat bemerkte es sofort.

»Wen?«, fragte Mehmet. »Wen sucht ihr denn noch?«

»Betriebsgeheimnis, Baba«, wiederholte Sinan ungeduldig. »Das ist eine Sache zwischen Detektiv und Kunde und nichts für eure Ohren!«

»Schon gut, mein Sohn und Wichtigtuer!« Gutmütig legte Mehmet Sinan den Arm um die Schulter. Ob es daran lag, dass auch meine Mutter sich zunehmend wohler fühlte, wusste ich nicht, aber plötzlich nahm sie eine andere Haltung ein und sagte einfach: »Wir suchen eigentlich Evelyns Vater, aber bisher ...« Hier sah sie Sinan und Nejat an. »Bisher war nur von seiner Schwester die Rede. Wir wissen noch nichts von ihm.«

»Oh!« Mehmet nickte beeindruckt.

Sinan übersetzte seinem Onkel, und der wackelte wieder leicht mit dem Kopf und lächelte wie zuvor. Er antwortete leise.

»Das mit deinem Vater besprechen wir später«, sagte Sinan zu meiner Mutter und mir. »Auch das fällt unter …«

»Schweigepflicht«, vollendete ich.

»Eins musst du uns aber noch verraten«, fragte ihn meine Mutter. »Warum seid ihr beide heute schon hier? Wir wollten uns doch eigentlich erst morgen mit Eves Tante treffen?«

»Das war nur so eine spontane Idee«, erklärte Sinan. »Weil ich heute früher Schluss hatte und sowieso in den Basar wollte. Und da dachte ich, dass es vielleicht nett wäre, sich vorher schon kennenzulernen und gemeinsam zu gehen. Weil ihr ja vielleicht in den nächsten Tagen nicht mehr dazu kommt, wenn …«

»Reiner Eigennutz also!«, unterbrach ihn Mehmet lachend.

»Von wem er das wohl hat?«, fiel Gisela ein und Sinan schüttelte gespielt verzweifelt den Kopf.

»Eltern!«, stöhnte er in meine Richtung.

Ein eigenartiges Kribbeln kam in mir auf. Da war also noch etwas. Etwas, dass sie uns nicht erzählt hatten. Also wussten sie definitiv noch mehr über meinen Vater.

Der Dolmetscher

»Wieso sprichst du überhaupt so perfekt Deutsch?«, fragte meine Mutter, während wir ins Auto stiegen. Nejat und Sinan vorne, wir Frauen hinten. »Immerhin lebst du ja hier.«

»Ich gehe auf eine deutsche Schule.« Sinan drehte sich zu uns um. »Und mit meinen Eltern spreche ich auch viel Deutsch. Ich bin froh, dass ich Freunde habe, mit denen ich nur Türkisch sprechen kann, sonst würde ich es noch verlernen.«

Nejat startete den Wagen und fuhr los. Mit seiner angenehm gedämpften Stimme sagte er etwas zu Sinan. Der antwortete und wandte sich dann wieder an uns. »Mein Onkel bringt uns jetzt zum großen Basar, weil er in der Nähe zu tun hat. Es ist nicht sehr weit. Zurück können wir zu Fuß gehen oder, wenn ihr zu müde seid, ein Taxi nehmen.«

Die nächsten Minuten verstrichen wortlos. Wir sahen aus dem Fenster. Zum ersten Mal seit unserer Ankunft wurde mir bewusst, wie hügelig Istanbul war.

Manche Straßen waren richtig steil und so schmal, dass ich das Gefühl hatte, die Bewohner könnten sich von Balkon zu Balkon etwas rüberreichen. Auch waren hier so viele Menschen zu Fuß unterwegs, dass ich Angst bekam, Nejat würde jemanden anfahren. Doch die Leute gingen entspannt beiseite, wenn er hupte und Gas gab. Unter vielen Fenstern waren neben Satellitenschüsseln Kühlaggregate von Klimaanlagen angebracht. Leitungen hingen von überall herab und führten irgendwohin, kreuz und quer, einzeln und gebündelt, ein weitverzweigter Kabelsalat. Zahllose Tauben schaukelten darauf, und ich wunderte mich, das so etwas wie Elektrizität bei dem Chaos überhaupt funktionierte. Im Radio lief der Musikclip mit der Sängerin, den ich Henny geschickt hatte, als ich mir die Videos über Istanbul ansah. Und merkte, wie weit ich von zu Hause weg war und wie nah dran an mir selbst. Alles war gut und würde gut werden.

»Gefällt's dir?« Sinan machte die Musik lauter und drehte sich zu mir um. Ich wurde rot, weil er mich verlegen machte, weil er noch hübscher war als der Moderator damals, in meinem anderen Leben dort drüben.

»Ja«, sagte ich knapp und wich seinem Blick aus. Nicht nur, weil meine Mutter neben mir saß. Doch sie war offensichtlich gedanklich ganz woanders und stellte die Frage, die schon die ganze Zeit im Raum stand.

»Sinan«, sagte sie. »Was hat dein Onkel über Eves Vater erfahren?«

So direkt war sie früher nie gewesen. Und bei diesem Thema erst recht nicht. Sinan schien es erwartet zu haben, denn er stieg sofort darauf ein.

»Wir wissen, dass er seit vielen Jahren in Istanbul als Journalist arbeitet, allerdings nicht unter seinem Namen, sondern unter Pseudonym.«

Also doch!

»Aber warum?«, platzte ich heftiger heraus als beabsichtigt. Es machte mich wütend, weil ich befürchtete, dass meine Mutter der Grund dafür war.

»Dein Vater ist ein ziemlich kritischer Schreiber«, erklärte Sinan, »der sich nicht davor scheut, auch politische Entscheidungen zu bewerten. Das ist in der Türkei noch immer ein schwieriges Thema, obwohl wir nicht das Gefühl haben, unsere Ansichten verschweigen zu müssen. Doch als Journalist, der durch die Zeitung viele Menschen erreicht, gibt es Grenzen in der freien Meinungsäußerung.«

Meine Mutter nickte, doch ich verstand es nicht. »Was meinst du damit?«

»Na ja«, fuhr Sinan fort. »Wenn du Missstände im eigenen Land anprangerst, musst du gewisse Vorsichtsmaßnahmen ergreifen, sonst lebst du unter Umständen gefährlich.«

»Hat er Angst um seine Familie gehabt?«, fragte meine Mutter. »Und deshalb seinen Namen geändert?«

»Wir vermuten es, ja.« Sinan sprach ein paar Sätze mit seinem Onkel und drehte sich dann wieder zu uns. »Wir haben ihn nicht kontaktiert, weil deine Tante darauf bestanden hat, es selbst zu tun. Es wäre für uns ohnehin etwas schwierig geworden, weil auch er, wie seine Eltern, eine Geheimnummer hat. Und ihn auf offener Straße ansprechen ist nicht unser Stil.«

Wumms! Damit hatte ich nun gar nicht gerechnet, und meine Mutter sicher auch nicht. Kein Wunder, dass sie nie Artikel von ihm gefunden hatte!

Nachdenklich sah sie aus dem Fenster und schwieg. Ich hätte zu gern gewusst, was sie jetzt dachte, ob sie es bereute, nicht gleich von Anfang an die Verbindung zu ihm gehalten zu haben?

»Ist er verheiratet?«, fragte ich.

»Nicht mehr. Er ist geschieden und hat zwei Söhne.« Mein Vater hatte Söhne, keine Tochter. Ich war seine einzige Tochter. Ich.

»Und wie heißt er nun?«, fragte ich.

»Cenk Medeni.«

Cenk Medeni. Ich ließ den Namen nachhallen. Aus Cengiz Moran war Cenk Medeni geworden. Klang gut.

Cenk. Am besten gefiel mir an der Sache jedoch, dass seine Namensänderung nichts mit meiner Mutter zu tun hatte.

»Tjaa«, machte sie plötzlich. »Das ist ja alles ... schon ziemlich ... interessant.«

»Ja«, bestätigte Sinan und zwinkerte mir zu. »Ihr habt eine interessante Familie.«

Ob er wusste, was er da sagte? Familie? Ich hatte keine Familie. Ich hatte eine Mutter, einen Onkel, eine Oma und einen Opa. Eigentlich war das ja Familie, aber für mich hatte es sich immer anders angefühlt, eher zerrissen und unvollständig, zumal ich meine Großeltern aus Hannover kaum sah.

Nejat hielt den Wagen an, drehte sich zu uns um und lächelte. Er sagte etwas, und Sinan übersetzte. »Mein Onkel bedankt sich herzlich für den Auftrag und wünscht euch viel Glück.«

Nejat nahm meine Hand und tätschelte sie. Sein Blick war voller Wärme, als er noch etwas auf Türkisch hinzufügte. Hilflos guckte ich zu Sinan. »Er wünscht dir, dass du das findest, was du suchst.«

Nejat strich auch meiner Mutter über die Hand und lobte sie für ihren Mut und ihre Tatkraft. Das war vielleicht ein bisschen übertrieben, denn schließlich war ich diejenige gewesen, die meine Mutter zum Mutigsein und Handeln gezwungen hatte. Aber vielleicht hatte Nejat recht. Vielleicht hatte auch sie diesen Zuspruch verdient, denn sie hatte die entscheidenden Schritte letztlich doch getan.

Nejat verabschiedete sich. Seine Arbeit war erledigt, und wahrscheinlich würden wir uns nicht mehr sehen. Sinan würde uns als Dolmetscher noch am kommenden Tag begleiten, und ich freute mich darüber. Irgendwie war es ein gutes Gefühl in seiner Nähe. Hupend fuhr Nejat davon, und wir winkten.

Sinan zeigte die schmale Gasse hinauf, an deren Ende ein steinernes Tor in den Himmel ragte. Möwen kreisten mit lautem Gelächter darüber, und der Klang der Vögel überraschte mich. Es war wirklich wie Gelächter! Langsam folgten wir dem Strom der Menschen nach oben. Ein paar Touristen konnte ich unter ihnen ausmachen, jedoch weniger als erwartet. Hier fiel mir wieder die enorme Betriebsamkeit auf. Auch wenn viele ganz offenkundig zum Einkaufen gekommen waren, so hatten doch mindestens genauso viele mit Arbeiten zu tun, schleppten Kisten und große Bündel, schoben Sackkarren mit schwerer Beladung, trugen Teetabletts herum, sortierten ihre Auslagen, telefonierten oder beugten sich in ihren Geschäften über Papiere. Einige Verkäufer standen auf der Straße und priesen ihre Waren auf Deutsch und Englisch an, und es war sehr vorteilhaft, jemanden wie Sinan dabeizuhaben. Freundlich, aber bestimmt sagte er alle paar Meter auf Türkisch »Nein, danke, großer Bruder!« Als wir angelangt waren, sah ich auf das Tor über mir. Türkische Flaggen blähten sich im Wind, und *Grand Bazaar* stand in goldenen Buchstaben auf dem alten Steinbogen. Darüber die türkischen Wörter *Kapalı Çarşı*, was so viel hieß wie überdachter Markt, und daneben die Jahreszahl 1461. Sinan amüsierte sich über mein ungläubiges Gesicht. Es gab den Basar tatsächlich seit mehr als fünfhundertfünfzig Jahren? Natürlich hätte ich es nie so schnell ausrechnen können, doch er wusste es.

»Mein Vater hat mir erzählt, dass auch der Basar anfangs aus Holz gebaut war, doch wegen einiger großer Brände hat man später alles durch Steine ersetzt.« Sinan ging voran, und ich hatte das Gefühl, in 1001-Nacht einzutreten.

Staunend sahen wir uns um. Allein das Gebäude mit seinen hohen verzierten und bemalten Säulen und Decken war bemerkenswert. Jeder Weg schien eine eigene Gestaltung zu besitzen, und trotzdem hätte ich mich ab der zweiten Abbiegung hoffnungslos verlaufen, wenn Sinan uns nicht geführt hätte. Wir trieben durch eine Welt voller Kostbarkeiten, Juwelen und Prunk. Das Glitzern und Funkeln der Schmuckläden wurde tausendfach durch die Beleuchtung reflektiert, so dass ich geblendet vor den Schaufenstern stehen blieb.

»Wahnsinn«, sagte meine Mutter. »Ich habe das zwar schon mal auf Fotos gesehen, aber in Wirklichkeit ist das ja unglaublich! Wie viele Geschäfte es hier gibt!«

»Etwa viertausend«, sagte Sinan. »Auf über dreißigtausend Quadratmetern. Der Basar ist fast so groß wie ein eigenes Stadtviertel. Es gibt natürlich auch eine Menge Billigkram, aber da, wo wir hingehen, wird es euch sicher gefallen. Der alte Silbermarkt ist toll.«

»Ich finde es hier auch schon toll.« Meine Mutter beugte sich über einen Tisch mit bunten Keramikschalen und Tellern, die zu hunderten zusammengestellt auf Käufer warteten. »Guck mal, Eve.« Sie hielt zwei blaugrüne Schalen hoch. »Für unser Müsli?«

»Sind schön«, sagte ich. »Ja, nimm die.«

»Muss ich handeln?«, flüsterte meine Mutter Sinan zu.

»Ich mag das nämlich gar nicht.«

»Nein«, lachte Sinan. »Die meisten Händler mögen das auch nicht und haben seit einiger Zeit halbwegs feste Preise. Es lohnt sich nur, wenn ihr mehr kaufen wollt.«

Meine Mutter bezahlte, während Sinan und ich langsam weitergingen. Mir fiel auf, dass wir im Basar kaum noch angesprochen wurden, wir konnten in

Ruhe bummeln, ohne bedrängt zu werden wie zuvor an der Straße.

»Was willst du eigentlich kaufen?«, fragte ich.

»Meine Mutter hat nächste Woche Geburtstag«, antwortete Sinan. »Und sie hat so eine Steinmacke.« Er grinste schief. »Na ja, das war fies, also sie sammelt Edelsteine, weil sie der Meinung ist, dass die für irgendwas gut sind. Kräfte haben und so was.«

»Meine Freundin hat auch so eine Macke«, lächelte ich. »Die glaubt an Krafttiere.«

»Oha! Dann weißt du ja, was ich meine. Meine Mutter steckt mir zu Prüfungen immer einen Chalcedon in die Hosentasche!« Er schnaufte. »Dabei habe ich weder Prüfungsangst noch schlechte Noten.«

»Vielleicht bist du ja gerade deshalb gut in der Schule?«

»Ich glaube, dass ich gut bin, weil ich ein fotografisches Gedächtnis habe.«

»Echt jetzt?«

Er nickte. »Manchmal ist es richtig anstrengend, weil ich so viele Details gleichzeitig im Kopf habe, dass ich nicht weiß, auf welches ich mich zuerst konzentrieren soll.«

»Klingt eher nach Hochbegabung«, sagte meine Mutter, die zu uns aufschloss. »Und wenn ich sehe, in welchem Tempo du simultan übersetzt und mit was für einem geballten Wissen du uns herumführst, denke ich es umso mehr.«

»Ach nee«, winkte Sinan ab. »Das ist nichts Besonderes, schließlich bin ich ja zweisprachig aufgewachsen, und das mit den Bauwerken hat mein Vater so oft wiederholt, dass sich das jeder merken würde.«

Ich bewunderte und beneidete ihn gleichzeitig, weil er klug war und es nicht nötig hatte, damit anzugeben. Im Gegenteil, es schien ihm eher peinlich zu sein. Ich wusste schon lange nicht mehr, wo wir uns befanden. Jede Straße war voller Geschäfte mit den unterschiedlichsten Waren, die sich ein paar Abbiegungen später wiederholten. Vor einem Laden mit Musikinstrumenten blieb ich stehen. Nebeneinander hingen Gitarren, Mandolinen, Lauten, kleine Trommeln und verschiedene Instrumente für Percussion. Die Lauten hatten einen langen Hals und einen hell- und dunkelbraun gestreiften Klangkörper.

»Eine Saz«, sagte ich, weil ich das Instrument aus unserer Schule kannte. »Wir haben einen persischen Lehrer, der darauf spielen kann.«

»Kommt jetzt gerade wieder«, sagte Sinan. »Zwei meiner Freunde können es auch, und ich muss zugeben, dass es sich nicht schlecht anhört, aber ich persönlich finde E-Gitarren besser.«

»Ich mag die Musik.« Vorsichtig fuhr ich mit der

Hand über das glänzend glatte Holz. Der Verkäufer nahm das Instrument herunter und spielte eine Tonleiter. Er sagte etwas zu Sinan. »Ihr sollt entschuldigen«, übersetzte er, »weil er kein Lied kann.«

Wir bedankten uns, und mir kam eine Idee. Vielleicht könnte ich zu Hause Unterricht nehmen?

An der nächsten Ecke duftete es nach Zimt und Muskat. In großen Körben lagen Unmengen von Trockenfrüchten und Gewürzen, verschiedene Kräuter und Teesorten. Einiges konnte ich bestimmen, vieles nicht. Ein Händler zeigte uns vier Sorten Pfeffer, die er verkaufte und uns zum Kosten anbot. Ich hatte zwar schon mal auf ein Pfefferkorn gebissen, aber doch eher aus Versehen und nicht mit voller Absicht. Der grüne Pfeffer war noch recht mild, der schwarze so scharf, dass ich niesen musste, und beim weißen bekamen meine Mutter und ich sofort Husten und Tränen in den Augen, weil er noch schärfer war, doch der rote Pfeffer schmeckte angenehm fruchtig. Wir kauften eine Tüte davon, ein Stück Nougat mit Nüssen und eine Schachtel Lokum. Eine Süßigkeit, die uns gleich überzeugte, nachdem wir probiert hatten.

»Hoffentlich sind wir bald da, wo du hinmusst«, lachte meine Mutter. »Sonst brauchen wir zusätzliche Taschen!«

»Kann schon sein«, gab Sinan zurück. »Wir gehen gleich durch die Modemeile!«

»Oje!«, stöhnte sie ahnungsvoll. »Da gibt's doch die ganzen Fälschungen?«

»Fälschungen?«, grinste Sinan. »In Istanbul? Aber nein!«

Es war der reinste Markenwettlauf. Calvin Klein neben Prada und Ralph Lauren, Philipp Plein gegen Céline, Fred Perry, Marc Jacobs und Tommy Hilfiger, Moncler vor Replay, Adidas gegen Puma, Nike gegen Bench, Reebok hinter Converse und Ray Ban. Alles, es gab einfach alles von jeder angesagten Marke. T-Shirts, Hemden, Jacken, Taschen, Gürtel, Schuhe, Uhren, Brillen.

»Bekommen die keinen Ärger, wenn sie die Sachen so offen verkaufen?«, fragte meine Mutter.

»Das frage ich mich auch jedesmal«, sagte Sinan. »Aber ich habe hier noch nie eine Razzia oder so was erlebt, keine Ahnung, irgendwie geht's scheinbar.«

Sehnsüchtig schielte ich nach einer knallblauen Michael-Kors-Jeans im Zebralook, die in meiner Größe dahing. Garantiert war das meine Größe! Und es war die einzige, die da hing! Meine Mutter sah meinen gierigen Blick und zog mich weg.

»Aber die Hose, Mama!«, jammerte ich. »Guck doch, die kostet bei uns hundertsiebzig Euro, bitte!«

»Nein, Eve«, sagte meine Mutter bestimmt. »Wenn wir uns das Original nicht leisten können, kaufst du es im Netz eben gebraucht.«

»Aber ... aber, die gibt es nie!«, lamentierte ich weiter. »Gerade die will jeder, die verkauft niemand!«

Meine Mutter zuckte gleichgültig die Achseln, und Sinan folgte unserem Schlagabtausch.

»Ich hab mir hier auch schon Teile gekauft«, flüsterte er, als sich meine Mutter nicht erweichen ließ und zügig voranging.

»Da hat man mal die Gelegenheit«, grummelte ich. »Und dann macht sie's einfach nicht!«

»Vielleicht hat sie Angst, dass ihr Ärger am Zoll kriegt.«

»Wegen einer Hose?«

»Ach komm, ist doch egal«, sagte Sinan und legte tröstend einen Arm um mich. Es war nur eine Geste, eine freundschaftliche natürlich, und trotzdem erstarrte ich. Ich wusste nicht, wann mich das letzte Mal ein Junge in den Arm genommen hatte. Matteo wahrscheinlich, in meinem Leben vor dem Schnitt. Als wüsste Sinan, woran ich gedacht hatte, fragte er: »Was hast du eigentlich an deiner Hand gemacht?«

Er ließ seinen Arm sinken. Meine Mutter stand ein paar Läden weiter zwischen bunten Lampen, und ich setzte zur Erklärung an. Nach zwei Sätzen, in denen

Nerv und Sehne vorkamen, schüttelte er sich lachend. »Schon gut, reicht!«

»Sieh dir das an«, sagte ich. »So eine klitzekleine Hose geht nicht, aber Lampen!« Meine Mutter nahm dem Verkäufer eine weitere Tüte ab. Sie wusste genau, dass ich noch sauer war, und mied meinen Blick.

Die nächste Abteilung des Basars gehörte den Stoffhändlern. Manche Muster waren mit Goldfäden oder anderen schimmernden Fasern durchwirkt und sahen genauso aus, wie ich sie mir im Palast eines Sultans vorstellte. Die Stoffe wurden meterweise vom Ballen oder als fertige Decken, Kissen und Vorhänge verkauft. Sinan wies zu einer Holzbank, auf der bestickte Kissen drapiert waren. Auf einem hatte sich eine grauweiße Katze zusammengerollt und schlief.

»Ich dachte immer, Türken mögen keine Katzen«, sagte meine Mutter und strich der Katze über den Kopf. Sie streckte sich schnurrend, stand auf und rollte sich gleich wieder zusammen. Diesmal wandte sie uns den Rücken zu, und ich freute mich. Sie zeigte meiner Mutter, dass sie in Ruhe gelassen werden wollte.

»Ich glaube, das war mal«, sagte Sinan und führte uns durch einen Torbogen. »Ich kenne viele, die Katzen zu Hause halten und sogar Hunde. Das gab es früher kaum.«

In diesem Gewölbe war das Licht gedimmt, und in

den Schaufenstern lagen Pistolen, Macheten und Dolche, Pokale, Kisten und Schachteln voller Münzen, Edelsteine und schwerem Silber. Hier war der Schatz der alten Osmanen begraben.

Das Herz

Eine gefühlte Ewigkeit später lag ich im Bett und lauschte dem leisen Atem meiner Mutter, die nach unserer Rückkehr sofort eingeschlafen war. In meinem Magen grummelte es von dem ungewohnt fettigen Essen, und mir brannten die Füße, denn wir waren sieben Stunden fast ununterbrochen gelaufen.

Sinan hatte für seine Mutter einen wunderschönen Anhänger mit Rosenquarz gekauft. Auf meine Empfehlung, weil er zwar wusste, dass er ihr einen Stein schenken wollte, aber nicht welchen. Als ich den rosa Stein in der silbernen Fassung sah, wusste ich, dass er zu Gisela passen würde. Und weil er meiner Mutter auch gefiel, kaufte er ihn.

»Gut, dass ihr dabei seid«, hatte er gesagt. »Allein hätte ich dafür Stunden gebraucht.«

»Na, einen Vorteil muss es ja haben, dass du für uns heute den ganzen Tag den Fremdenführer spielst!«, hatte meine Mutter im Spaß geantwortet, aber ich wusste, dass sie Sinan gegenüber ein schlechtes Gewissen hatte. Sie bestand auch darauf, ihn zum Abschluss zum Essen einzuladen.

Es war ein lustiger Abend geworden. Sinan erzählte aus seiner Schule, auf die auch Diplomatenkinder aus aller Welt gingen. Sie blieben nie sehr lange, und einer seiner besten Freunde war vor kurzem nach Deutschland gezogen.

»Wohin da?«, hatte meine Mutter gefragt, und ich wusste es sofort. Prompt hatte Sinan *Berlin* gesagt, und für den Bruchteil einer Sekunde hatte ich ihn und mich am Brandenburger Tor gesehen.

Auch ich konnte von meiner Schule einiges zum Besten geben, und als ich Sinans Namen in eurythmischen Buchstaben gebärdete, lachte er sich kaputt. Und ich lachte genauso, als er mit den Händen versuchte, die Buchstaben nachzuformen. Weil man bei manchen Buchstaben die rechte Hand unabhängig von der linken bewegen muss, braucht es schon Konzentration und ein wenig Übung. Doch Sinan schaffte es erstaunlich schnell. Fröhlich gebärdete er seinen Namen und meinen und den meiner Mutter, und danach fragte er die Gäste am Nachbartisch nach ihren Namen und buchstabierte sie ihnen mit den Händen. Auch die lachten, hielten uns aber bestimmt für total bekloppte Touristen, von denen einer zufällig Türkisch konnte.

Gemeinsam waren wir zurück zum Hotel gegangen,

denn Sinan wohnte mit seinen Eltern ebenfalls dort. Und bei der Verabschiedung hatte er mich in den Arm genommen und sich für den schönen Tag bedankt. Dabei hatte ich das Bedürfnis, mich zu bedanken. Schließlich hatte er dafür gesorgt, dass ich kaum an meinen Vater gedacht und mir keine Sorgen um den morgigen Tag gemacht hatte.

Unruhig wälzte ich mich nun umher. Mein Magen grummelte stärker. Die Fülle der Eindrücke ließ mich nicht schlafen, obwohl ich total erschöpft war. Immer wieder blitzten Bilder aus dem Basar vor mir auf, goldene und silberne Pantoffeln, geschmiedete Metallteller, Glücksbringer aus Glas, alles flog wie Konfetti in meinem Kopf herum. Und dazwischen immer wieder Sinan, wie er lächelte, etwas erklärte oder mich ansah, mit seinem dunklen weichen Blick unter seinen schwarzen Haaren, zwischendurch, wenn er dachte, ich bemerkte es nicht. Ob er mich auch so angesehen hätte, wenn Henny dabei gewesen wäre? Was für ein dummer Gedanke! Typisch ich! Neidisch, eifersüchtig und völlig überflüssig! *Ich* war hier in Istanbul, und *ich* hatte einen herrlichen Tag gehabt. Sinan hatte *mich* angesehen, *mich* und nicht Henny! Und morgen sah *ich* ihn wieder und wollte mich jetzt gefälligst freuen! Doch je mehr ich es versuchte, umso mehr trat die Begegnung mit meiner Tante in den Vordergrund, und Sinan verblasste. Hatte sie meinen Vater erreicht? Hatte sie ihm gesagt, worum es ging? Wusste er nun, dass er eine Tochter hatte? Was hatte er dazu gesagt? Was dachte er? Würde er zu unserem Treffen kommen? Würde ich ihn sehen? Meinen Vater? Morgen? Und was, wenn er keinen Kontakt wollte? Wenn er uns nicht einmal sehen wollte? Wenn das für ihn alles Schnee von gestern war? Wenn er eine neue Freundin hatte, mit der er weitere Kinder kriegen würde? Wenn wir unwichtig waren? Ich bekam Bauchkrämpfe. Was, wenn er mich nicht wollte? Tausend Szenarien spielte ich durch, von nettem Geplauder bis zum dramatischen Streit am Ende. Tausend weitere Fragen bedrängten und belasteten mich und hatten doch nur einen einzigen Grund. Ich hatte Angst. Schreckliche Angst.

Die manifestierte sich auch in meinem Körper. Er gab nun eindeutige und sehr dringende Signale, die ich nicht mehr ignorieren konnte. Ich musste aufs Klo, auf der Stelle. Ich schlug das Laken weg und schlich zur Tür. Die alten Dielen knarrten unter meinen Füßen, doch meine Mutter schlief wie ein Murmeltier.

Vorsichtig spähte ich aus dem Türspalt, niemand zu sehen, die Luft war rein. Ich sprang ins Bad hinüber und schloss ab. Von diesem Moment an war mir alles egal. Ich nahm die Dinge, wie sie eben waren, und versuchte nicht darüber nachzudenken, was für ein Bild ich gerade abgab. Ich hatte eh keine andere Möglichkeit mehr. Danach stellte ich mich unter die warme Dusche und spülte alle Bilder, alle Gedanken und Ängste den Abfluss runter.

Und meine Mutter tippte mich in der Nacht an, weil ich im Tiefschlaf geschnarcht hatte.

Nach dem Frühstück, bei dem ich genau vier Oliven und eine halbe Tomate mit Weißbrot gegessen hatte, kam Sinan in den Salon, wo wir mit Gisela saßen. »Guten Morgen!«

»Morgen!«, lächelte er, setzte sich neben mich auf das Kissen, und ich sah ihm an, dass er gern noch geschlafen hätte. »Na, seid ihr fit?«

»Geht so«, sagte ich, und meine Mutter nickte mehr tapfer als überzeugend. Sie hatte nichts gegessen, nur einen Tee getrunken, und wirkte angespannt.

»Macht es euch was aus, mit den öffentlichen Verkehrsmitteln rüberzufahren?«, fragte Sinan. »Das geht schneller als mit dem Taxi.«

Wir schüttelten den Kopf.

»Wo treffen wir uns denn nun?« Ich sah meine Mutter an, und sie zückte ihr Handy.

»Ela hat den Yıldız-Park vorgeschlagen«, sagte meine Mutter. »Das liegt wohl in etwa in der Mitte zwischen ihr und uns.«

»Oh, der Park ist so schön!«, rief Gisela. »Eine gute Idee.«

»Nur wo?«, warf Sinan ein. »Das Gelände ist riesig.«

Meine Mutter sah wieder aufs Handy und buchstabierte: »Cadir Köskü, das soll wohl ein Café sein oder ein Restaurant, kennst du das?«

»Ja, klar«, sagte Sinan. »Das Çadır Köşkü ist einfach zu erreichen. Wir fahren mit dem Schiff rüber und nehmen dann einen Minibus oder Dolmuş.«

»Wie du dich auskennst«, staunte meine Mutter. »Du solltest auch über die Touristikbranche nachdenken.«

»Nee«, schmunzelte Sinan. »Zu langweilig. Als Detektiv muss man seine Stadt mindestens genauso gut kennen, eigentlich noch besser, weil man sich nur wenig an den Sehenswürdigkeiten, sondern eher in Wohn- und Geschäftsvierteln herumtreibt.«

Gisela sagte nichts, doch ich merkte ihr den Stolz auf ihren Sohn deutlich an.

»Und was ist mit Schule heute?«, fragte ich, weil mir einfiel, dass er unmöglich Ferien haben konnte.

»Ich äh … hab mir freigenommen«, schelmisch zwinkerte er mir zu, und als er den Blick seiner Mutter auffing, setzte er rasch hinzu. »Nur für euch natürlich und nur ganz ausnahmsweise!«

»Gestern hast du gesagt, dass ihr wegen Abiturprüfungen freihabt!« Vorwurfsvoll funkelte ihn Gisela an.

»Das ist Mist, Sinan! So war der Job bei Nejat nicht gedacht!«

Es war mir peinlich, dass ich Sinan verraten hatte, doch er schien nicht mal ansatzweise böse zu sein.

»Hast ja recht.« Zerknirscht zog er den Kopf ein. »Aber wir hätten sowieso nur kurz Schule gehabt. Wirklich nur drei Stunden! Ehrlich!«

»Ich glaube dir kein Wort!«, sagte Gisela. »Aber jetzt ist es ohnehin zu spät. Nur denk nicht, dass ich oder dein Vater da irgendetwas für dich geradebiegen, das machst du schön selbst!«

»Klaro, Mama, danke!« Er gab ihr einen Kuss auf die Wange, und sie wurde wieder weich wie Butter.

»Du bist vielleicht ein Bengel!« Liebevoll knuffte sie ihn, und ich sah den beiden fasziniert zu. Es gab mir einen Stich, weil mir bewusst wurde, dass meine Mutter mit mir nie so gewesen war. Was hatte sie für einen Aufstand gemacht, als ich eine Stunde Werken geschwänzt und für die Entschuldigung ihre Unterschrift gefälscht hatte! Wahrscheinlich hätte ich die nie gefälscht, wenn sie nicht bei jeder Kleinigkeit überreagieren würde.

Sinan klatschte in die Hände. »Wollen wir los? Seid ihr bereit für den großen Moment?«

»Wenn es denn ein großer Moment wird«, sagte meine Mutter skeptisch. »Vielleicht wird es der größte Reinfall?«

Ja, sicher, dachte ich gereizt, es hat ja sowieso alles keinen Sinn! Dann bleib doch gleich hier!

»Es wird bestimmt sehr nett«, sagte Gisela aufmunternd. »Und wenn nicht, macht ihr einfach einen Spaziergang. Den Park muss man mal gesehen haben! Es gibt sogar ein Museum und eine Porzellanfabrik dort.«

Als wir im Zimmer ein paar Sachen zusammenpackten, die wir mitnehmen wollten, und ich sah, wie die Hände meiner Mutter zitterten, tat sie mir auf einmal leid. Wie musste sie sich fühlen? Erwartete sie, meinen Vater zu sehen? Nach sechzehn Jahren ohne jedes Lebenszeichen? Hatte sie vielleicht noch größere Angst davor als ich?

Ich stellte mich hinter sie und nahm sie fest in die Arme.

»Es wird schon, Mama«, sagte ich. »Wir schaffen das schon, du und ich.«

Meine Mutter sackte in sich zusammen. Sie drehte sich zu mir um und drückte mich so fest an sich, wie sie es noch nie getan hatte. Sie weinte.

»Es tut mir so leid, Eve! So entsetzlich leid. Ich habe alles falsch gemacht, alles!« Ihre Tränen tropften auf meinen Scheitel, doch ich rührte mich nicht.

»Ich wollte immer alles richtig machen, und das Gegenteil ist passiert. Ich wollte eine gute Mutter sein. Du kannst mir glauben, das wollte ich wirklich! Ich wollte auch eine von denen sein, die ihr Kind so liebt, wie es alle Mütter tun, und es ging einfach nicht, weil du so anders warst als ich, und ich mich selbst nicht leiden konnte. Weil du mich jeden Tag an meine Fehler erinnert hast. Weil ich so unglücklich war mit meinem Leben. Weil ich nichts auf die Reihe kriegte. Gar nichts. Weder deine Erziehung, noch die Arbeit, unseren Unterhalt, die Wohnung und schon gar nicht die Männer. Nichts ging. Ich wollte immer einen Vater für dich, doch ich konnte keinen finden. Wenn du sie zu sehr mochtest, wollte ich sie nicht mehr, weil ich eifersüchtig war. Wenn du sie nicht mochtest, ging es eine Weile, aber auch nicht wirklich. Wenn sie dich zu sehr mochten, war ich wieder eifersüchtig und machte Schluss. Wenn sie dich nicht mochten, fand ich sie idiotisch.«

»Also hatte keiner eine Chance bei dir«, sagte ich.

»Nein.« Meine Mutter setzte sich aufs Bett und zog mich erneut zu sich. Zart küsste sie meine Stirn. »Mein armes kleines Mädchen«, sagte sie, und neue Tränen quollen aus ihren Augen. »Ich bin als Mutter eine totale Niete.«

»Stimmt«, sagte ich, und auch mir kamen die Tränen. »Aber irgendwie …« Ich wischte über meine Wange. »Irgendwie muss ich trotzdem zu dir gewollt haben, zu dir und meinem Vater, sonst wäre ich ja jetzt nicht hier.«

»Glaubst du?«

»Ich weiß nicht«, schniefte ich. »Ja, ich glaube schon. Es muss ja einen Sinn haben, dass alles so gekommen ist.«

»Aber welchen Sinn sollte es haben? Es ist doch eine furchtbare Geschichte!«

»Vielleicht ist sie ja noch nicht zu Ende? Vielleicht wird sie ja noch gut?«

»Ich möchte das so gerne glauben, Eve.« Meine Mutter streichelte meinen Kopf, der an ihrer Brust lag. »Du kannst dir nicht vorstellen, wie gerne ich es glauben will!«

Ich lauschte ihrem Herzschlag und dachte an die Trommel von Herrn Agboli bei der Monatsfeier. Jetzt wusste ich, warum ich das Trommeln so intensiv gespürt hatte. Es klang wie das Herz meiner Mutter, dem ich immer nah sein wollte. Ich wollte in ihrem Herzen sein. Schon immer.

Wir fuhren beide zusammen, als es klopfte. »Hallo?«, tönte Sinans Stimme aus dem Flur. »Seid ihr eingeschlafen?«

»Nein, nein«, rief meine Mutter hastig. »Wir kommen!«

Eine halbe Stunde später drängten wir mit vielen anderen Menschen zusammen auf die Fähre, die uns zum Stadtteil Beşiktaş bringen würde. Meine Mutter hatte

Sesamringe gekauft, und Sinan besorgte uns den passenden Tee dazu. Eigentlich hatte ich gedacht, dass es viel zu heiß wäre für Tee. Auf unserem Weg zum Schiffsanleger waren ein paar dürre Wölkchen über dem Bosporus verdampft und hatten der Sonne den Tag überlassen. Doch kaum hatten wir abgelegt, kam Wind auf und senkte die Temperatur angenehm. Ich nahm zwei Zuckerwürfel für das kleine Teeglas, meine Mutter einen und Sinan gar keinen. Wir saßen draußen auf einer Holzbank und ließen die Skyline der Stadt an uns vorüberziehen. Die rote Flagge mit dem weißen Halbmond war allgegenwärtig.

»Wenn meine Mutter nicht so super kochen würde«, sagte Sinan kauend, »würde ich mich nur von Simit ernähren.«

Zwischendurch nahm er einen Schluck Tee, und ich wusste genau, was er meinte. Diese Sesamringe schmeckten noch besser als die vom Flughafen. Viel besser.

Die Luft roch nach Salz, Algen und Fisch, und während das Schiff durchs Wasser pflügte, bildete sich an den Seiten weißer Schaum. Sinan zeigte auf ein riesiges Schloss, das sich majestätisch vor dem blauen Himmel erhob. »Das ist der Dolmabahçe Sarayı, der *Palast der vollen Gärten*.«

Eine schmiedeeiserne, wellenförmige Umfriedung

fasste den gigantischen Prachtbau ein, die von drei steinernen Toren unterbrochen wurde. Alle drei öffneten sich direkt zum Meer.

»Hat hier der Sultan gewohnt?«, fragte ich, und Sinan nickte. »Nicht nur einer«, antwortete er. »Viele Sultane, die Namen kann ich euch aber leider nicht sagen.«

»Sehr enttäuschend, Sinan.« Meine Mutter blinzelte mir zu. »Das kennen wir ja gar nicht von dir!«

»Aber«, Sinan hob seinen Zeigefinger, »ich weiß, dass er irgendwann den Topkapı-Palast als Residenz des Sultans abgelöst hat und von da an der größte Palast Istanbuls war.«

»Du solltest einen Reiseführer schreiben«, seufzte meine Mutter. »Wie kannst du dir das bloß alles merken?«

»Es interessiert dich einfach, oder?«, sagte ich.

»Ja«, nickte er und schob sich verlegen eine Haarsträhne aus dem Gesicht.

Die Fähre drosselte ihre Fahrt und steuerte auf das Festland zu. In ein paar Minuten würden wir anlegen. Mein Herz schlug schneller. Das meiner Mutter sicher auch. Sie sah mich an und lächelte. »Wir schaffen das schon«, flüsterte sie in mein Ohr. »Du und ich.«

Die Familie

Das Taxi hielt gegenüber einer Sackgasse, die in den Park führte. Sinan und ich stiegen aus, während meine Mutter den Fahrer bezahlte. Wir überquerten die Hauptstraße und stiegen zwischen hohen Natursteinmauern eine Anhöhe hinauf. Wir gingen langsam, nicht nur weil es schon sehr heiß und der Weg recht steil war, sondern weil mir jeder Schritt wie ein Jahr vorkam, das ich rückwärts ging. Von sechzehn auf null. Schritt für Schritt. Doch es waren mehr Schritte bis zum großen steinernen Tor, in dessen Säulen orientalische Bogenmuster geschlagen waren. Mehr Schritte. Ich hörte auf zu zählen und setzte einen Fuß vor den anderen. Immer einen vor den anderen. Durch das Tor hindurch und weiter. Würde sie kommen? Würde er kommen?

Sinan ging vor mir, meine Mutter hinter mir. Wir sprachen nicht. Sahen uns nicht an. Am Ende des Wegs leuchtete der rosafarbene Pavillon in der Sonne. Çadır Köşkü, unser Ziel. Unser Treffpunkt. Meine Stunde null.

Sinan verlangsamte den Schritt und legte seinen Arm um mich. Er fühlte sich an wie schwere Flügel an meinen Schultern. Und wie ein Schutzschild in meinem Rücken. Vertraut und angenehm, als würden wir uns schon lange kennen.

Der Pavillon stand inmitten von uralten Bäumen, Sträuchern und Tulpen. Viele, viele Tulpen, nach Farben und Formen sortiert, deren Blütezeit bereits überschritten war. Und doch sah man ihnen ihre einstige Schönheit noch an, wie so vielem hier in der Stadt. Auf der Rückseite des Gebäudes glitzerte ein See mit Wasserfontäne. Eigentlich wollte ich weggucken. Den nächsten Moment überspringen und mir später als Film ansehen, wenn er vorbei war. Heimlich und ganz allein. Ich wusste nicht, ob ich ihn erleben wollte, ob ich ihn erleben konnte, ob ich es aushalten würde. Mein Herz klopfte zum Zerspringen, Schweiß brach mir aus, und die Terrasse mit Tischen, Stühlen und Menschen rückte immer näher.

Und dann geschah alles gleichzeitig. Eine ältere Frau stand auf, wir sahen uns an, und uns beiden kamen die Tränen, meine Mutter hauchte »O mein Gott«, Sinan verstärkte den Druck seines Arms um meine Schultern, weil er merkte, dass meine Beine weich wurden. In Zeitlupe kam sie auf mich zu.

Wir sahen in den Spiegel, diese Frau und ich. Ich sah

aus, wie sie ausgesehen hatte, und sie sah aus, wie ich aussehen würde. Die gleichen starken Augenbrauen, die dem Gesicht schon aus der Entfernung Kontur gaben, die gleiche Nase, der gleiche Mund, ja, sogar die gleiche Körperhaltung. Als wir voreinander standen und durch unseren Tränenschleier blinzelten, war sogar die Farbe unserer Augen eins. Braun mit hellen Sprenkeln. Nur unsere Haarfarbe war unterschiedlich, ihre in verschiedenen Graustufen, meine braun. Sie streckte die Arme aus, umfasste meine Hände und schob damit die letzten Steine weg, die den Fluss gestaut hatten. Ihre Tränen strömten zu mir, meine Tränen strömten zu ihr. Von ihr zu mir, von mir zu ihr.

Meine Oma. Das war meine türkische Oma. Erst jetzt bemerkte ich, dass hinter ihr am Tisch noch andere aufgestanden waren und zu uns kamen. Ich hatte das Gefühl, ohnmächtig zu werden, mich nicht mehr halten zu können, doch noch stand ich fest auf meinen Füßen, wie der Baum unter dem wir uns begegneten. Er lächelte. Auch er hatte Tränen in den Augen, und wenn ich gedacht hatte, dass meine leer waren, ausgeweint, so sollte ich mich täuschen. Es floss einfach immer weiter, ohne dass ich auch nur das Geringste dagegen machen konnte. Er war größer als meine Oma, aber tatsächlich nicht sehr groß, wie meine Mutter gesagt hatte. Seine schwarzen Haare waren an manchen

Stellen von grauen Strähnen durchzogen. Sein Mund war meinem sehr ähnlich, und auch wenn er nun lächelte, hatte sein Blick etwas sehr Trauriges, das mich immer heftiger weinen ließ.

Meine Oma trat zur Seite. Ich stand in der Umarmung meines Vaters und schrumpfte in mir zusammen, ich schluchzte und wimmerte, und mein Vater hielt mich und strich mit seinen Händen sanft über meine Haare, immer und immer wieder. Er sprach mit mir, und jedes Wort brannte sich einen Weg durch den Schmerz in meine Seele.

Es gab ihn, meinen Vater, und er war hier. Bei mir. Ich war bei ihm, stand in seinem Arm. Seine Hände beruhigten mein aufgewühltes Herz. Es waren die Hände meines Vaters. Meines Vaters. Sein Hemd roch nach Rasierwasser und nach ihm. Fremd, sehr fremd, und trotzdem hätte ich diesen Duft um nichts in der Welt eintauschen wollen.

Vorsichtig löste ich mich von ihm. Ich wollte ihn ansehen. Ich wollte sehen, ob wir uns ähnlich waren. Ich wollte sehen, wie er aussah. Jede Einzelheit wollte ich sehen. Zärtlich hielt er meinen Blick fest und strich mit der Hand über meine Wange. »Güzel Kızım, benim«, sagte er leise.

Wie wir an den Tisch gelangt waren, wusste ich nachher nicht mehr. Auch wie viele wir waren, wusste ich erst nicht. Ich hatte meine Oma und meinen Vater gesehen und sonst niemanden. Ich hatte auch die Begegnung zwischen meiner Mutter und meinem Vater nicht verfolgt, weil ich so mit mir beschäftigt gewesen war.

Der Kellner kam zu uns, um die Bestellung aufzunehmen, und ich konnte gar nicht sprechen. Ich konnte nur in die Runde gucken. Meine Mutter, Sinan und ich, meine Oma, mein Opa, mein Vater, meine Tante und meine kleine siebenjährige Cousine, die mich keine Sekunde aus den Augen ließ.

Und jedesmal, wenn meine Oma und ich uns ansahen, schüttelte sie den Kopf und wischte sich wieder Tränen aus dem Gesicht. Ich saß zwischen Sinan und meinem Vater, der meine Hand genommen hatte und immer wieder darüberstrich. Meine Mutter saß neben meinem Vater auf der anderen Seite, dann kamen meine Tante mit meiner Cousine, neben ihr meine Oma und dann mein Opa. Beide hatten gebräunte Haut, als wären sie gerade aus dem Urlaub gekommen. Während die Augen meines Großvaters dunkel waren wie die meines Vaters und meiner Tante, hatte meine Oma ziemlich helle. Im Licht schimmerten sie golden. Sahen meine Augen wirklich auch so aus?

Sinan hatte mit meinen Großeltern ein Gespräch begonnen, und ich vermutete, dass er erklärte, wie das alles zustande gekommen war. Beide nickten und lächelten und antworteten, und ich konnte nicht fassen, dass das wirklich geschah. Dass ich wirklich mit meinen Großeltern, meiner Tante und mit meinem Vater zusammensaß. Dass wir uns gefunden hatten.

Meine Mutter versuchte mit meiner Tante Englisch zu sprechen, was etwas mühsam war, weil Ela es nicht gut konnte. Trotzdem bedankte sich meine Mutter für ihre Bereitschaft, und meine Tante gab jeden ihrer Sätze mit türkischen Einschüben und lebhaften Gesten untermalt zurück.

Mein Vater warf meiner Mutter verstohlene Blicke zu, und auch sie versuchte, ihn unauffällig zu beobachten, was natürlich völlig unmöglich war. Niemand von uns konnte sich verstecken. Jeder nahm alles genau wahr: jedes Zucken, jede Bewegung im Gesicht der anderen, jede Geste und jedes Wort, Türkisch oder Englisch, ganz egal, alles kam irgendwie an, wurde irgendwie verstanden. Alles war offenbar.

Meine Mutter und ich ließen Sinan den Vortritt, schon allein deshalb, weil er besser Türkisch konnte als wir Englisch. Er berichtete noch einmal, dass sein Onkel Nejat den Anruf aus Deutschland bekommen habe, mit der Bitte, den Vater eines jungen Mädchens ausfindig zu machen. Und wie sein Onkel dann ziemlich schnell auf Ela gestoßen war. Meine Tante strahlte, als ihr Name fiel, und meine Oma klopfte ihr anerkennend auf den Arm.

Dann erzählte Ela ihre Version auf Türkisch, und Sinan übersetzte für uns. Ela gestand, sie sei aus allen Wolken gefallen, als der Anruf vom Detektivbüro kam, und habe es im ersten Moment nicht glauben wollen. Meine Oma nickte, und mein Opa warf meinem Vater einen nachdenklichen Blick zu. Ela spürte jedoch, dass an der Sache etwas dran war, und erklärte sich zu einem Treffen bereit, noch bevor sie mit meinem Vater gesprochen hatte. Sie bat Nejat, das ihr zu überlassen.

Am gleichen Abend fuhren Ela, ihr Mann Haluk und die kleine Melisa zu den Großeltern und besprachen sich miteinander. Auch für sie war sofort klar, dass sie, sollte die Geschichte wahr sein, nun um eine Enkeltochter reicher wären. Mein Vater sagte die ganze Zeit gar nichts, was mich zwar wunderte, ich mir aber damit erklärte, dass er wahrscheinlich genauso überfordert war wie ich. Schließlich bekam man nicht jeden Tag eine fast Sechzehnjährige als Tochter präsentiert. Ich hatte ja zumindest den Vorteil gehabt zu wissen, dass es ihn gab. Er nicht.

Ich nippte von meinem Orangensaft, der ungewohnt süß schmeckte, und meine Tante nahm das zum Anlass, ebenfalls ihr Glas zu heben.

»Şerefe!«, rief sie und noch etwas anderes.

Wir alle sagten: »Şerefe!«, und stießen miteinander an.

Mit Brause, Cola und Saft. Und Melisa mit ihrem gelben Eis, das sie verlegen zu unseren Gläsern hinstreckte. Dabei fiel mir etwas ein. Ich griff in meine Tasche und holte das kleine Päckchen hervor. Mit großen Augen sah Melisa erst mich, dann das Päckchen an, und mit noch größeren Augen wickelte sie es aus. Freude leuchtete in ihrem Gesicht, als sie die Kette mit dem bunten Löwen umhängte. Dann kam sie zu mir und gab mir einen Kuss auf die Wange. Schüchtern und sehr niedlich.

»Çok mersi!«, sagte sie.

»Gern geschehen! Sie steht dir gut«, sagte ich, und Sinan übersetzte. Melisa lächelte und setzte sich wieder neben ihre Mutter, den Blick wieder unverwandt auf mich gerichtet.

Sinan erklärte mir, dass meine Oma meine *Babaanne* war, also die Mutter meines Vaters, und mein Opa mein *Dede*. Für das Wort gab es keine weitere Zuordnung. Der Vater vom Vater hieß Dede und der Vater der Mutter hieß auch Dede. Eine verwirrende Sprache, doch je mehr sich meine Ohren damit füllten, umso schöner klang sie für mich.

Mein Vater zeigte auf sich, sagte »Baba«, und alle

lachten. Und obwohl auch er schmunzelte, verstärkte sich mein Eindruck, dass er wirklich traurig war. Wahrscheinlich bewegte ihn so vieles, was er in der Runde nicht zur Sprache bringen konnte. Vielleicht hatte es auch mit meiner Mutter zu tun, wobei er nicht böse auf sie zu sein schien. Im Gegenteil, sein Blick hatte etwas sehr Zugewandtes, Freundliches und eben Trauriges.

Ob es an diesem Blick lag, dass mein Dede den Aufbruch von Babaanne, Ela, Melisa und ihm selbst ankündigte, konnte ich nicht sagen. Ich vermutete jedoch, dass sie uns Raum zum Kennenlernen lassen wollten.

Babaanne nahm noch einmal meine Hände. Während ich abwechselnd Sinan und sie anguckte, sagte sie, dass sie sehr glücklich sei, mich und meine Mutter kennengelernt zu haben, dass sie lange Zeit eine Ahnung gehabt habe, dass es noch jemand Wichtigen in ihrem Leben geben würde und dass sie heute wisse, dass ich dieser Jemand sei. Bei ihren Worten kamen uns beiden erneut die Tränen, und es war nicht nur schmerzhaft, sondern gleichzeitig wunderschön. Ich fühlte mich plötzlich so reich beschenkt und erfüllt, dass ich hoffte, Babaanne und Dede und auch Ela und Melisa würden mir ansehen, wie viel es mir bedeutete, auch wenn ich kaum mehr sagen konnte als »Danke«, immer wieder

»Danke«. Am Schluss wusste ich gar nicht mehr, wem ich am meisten dankte. Meinen Großeltern, die von der ersten Sekunde an so lieb zu mir gewesen waren? Meiner Tante, die mich mit ihrer Offenheit sofort in die Familie gezogen hatte? Meinem Vater, der trotz vieler Unklarheiten und Unsicherheiten heute hergekommen war? Meiner Mutter, die über ihren eigenen haushohen Schatten gesprungen war und diese Reise mit mir machte? Meinem Leben, weil es so gut zu mir war? Oder gar mir selbst, weil ich mir treu geblieben war und sich damit mein größter Wunsch erfüllt hatte? Aber war es nicht auch völlig egal? War nicht alles ohnehin eins? War nicht alles mit allem verbunden?

Dede lud meine Mutter, mich und Sinan für den Abend zum Essen ein und fragte, wo wir die Nacht über bleiben würden.

Als Sinan erklärte, dass wir im Hotel schliefen, sagte er, dass es überhaupt nicht in Frage käme, dass seine Enkelin und ihre Mutter in einem Hotel übernachteten und wir die kommenden Tage bei ihnen wohnen würden.

Ich freute mich zwar über sein Angebot, fühlte mich aber auch ein wenig überrumpelt. Und ich sah meiner Mutter an, dass es ihr genauso ging. Es war einfach noch zu frisch, zu viel und zu ungewohnt. Mein Vater merkte das und sprach mit Dede, der zunächst noch darauf bestand, doch einlenkte, als Sinan angab, dass das Hotel seinen Eltern gehöre und wir gut aufgehoben seien.

Sie gingen auf dem gleichen Weg davon, den wir zuvor gekommen waren, drehten sich ein paarmal um und winkten, besonders Melisa, die mehr rückwärts als vorwärts lief.

»Habt ihr noch Zeit?«, fragte mein Vater auf Englisch, als sie aus unserem Blickfeld verschwunden waren. »Dann könnten wir spazieren gehen. Der Park ist sehenswert.«

Meine Mutter und ich nickten. Sinan war nicht ganz wohl in seiner Haut, und er sagte, dass er sich jetzt zurückziehen werde, damit wir ungestört reden könnten. Einerseits fand ich das rücksichtsvoll von ihm, andererseits wollte ich aber, dass er bei uns blieb. Bei mir. Mir war komisch so ganz allein mit meiner Mutter und meinem Vater. Allein mit meinen Eltern. Sehr komisch war das. Schon das Wort *Eltern* war merkwürdig. *Eltern* hatte ich nie gesagt, weil ich keine hatte.

»Komm doch mit«, bat ich Sinan. »Du kannst am besten übersetzen.«

Sinan sah meinen Vater und meine Mutter an, die nebeneinander standen, zwar immer noch verlegen, aber mit einem neuen Ausdruck im Gesicht, der mich zusätzlich verunsicherte.

»Ich bleibe im Çadır Köşkü«, sagte er. »Und warte auf euch, einverstanden?«

»Hmm«, machte ich. »Nee. Kannst du nicht mitkommen?«

»Ich denke, es ist besser, wenn ihr allein sprecht«, sagte er. »Und zum Übersetzen braucht ihr mich jetzt nicht.«

Obwohl ich wusste, dass er recht hatte, nervte es mich.

»Aber du wartest da?«

»Klar!« Er zwinkerte mir zu. »Ich bin schließlich den ganzen Tag für euch gebucht!«

»Komm«, sagte mein Vater auf Deutsch und nahm meine Hand. Sinan lächelte und nickte.

»Wir sehen uns später.« Damit wandte er sich um, steuerte auf einen der freien Tische zu und setzte sich mit dem Rücken zu uns. Vor ihm erstreckte sich ein phantastisches Panorama. Erst jetzt fiel mir wieder ein, dass das Lokal auf einer Anhöhe lag und man über den ganzen Bosporus gucken konnte. Ich hatte das Bedürfnis, bei ihm zu bleiben, mich neben ihn zu setzen und musste dabei plötzlich an Matteo denken. Wie oft war ich diesem ersten Impuls gefolgt, hatte ihn angerufen oder war einfach zu ihm gefahren, obwohl er signalisiert hatte, dass er für sich sein wollte? So oft, dass er mich irgendwann zurückweisen musste.

Sinan hatte mich nicht zurückgewiesen, sondern wollte unser Gespräch nicht stören. Als ich das begriffen hatte, wurden meine Schritte leichter, und ich konnte mich auf das konzentrieren, was jetzt wirklich wichtig war. Meine Mutter, mein Vater und ich.

»Ewwa sieht meiner Mutter ähnlich, nicht war?«, sagte er gerade auf Englisch zu ihr. Ich mochte es, wie er meinen Namen aussprach. Ewwa.

»Ja«, sagte meine Mutter. »Sehr ähnlich.«

Er fragte mich nach meiner Schule, in welcher Klasse ich sei, welche Fächer ich mochte, welche Sprachen ich lernte und wie es mir in Istanbul gefiel. Als ich ihm in holprigem Englisch antwortete, lächelte er mit diesem kleinen traurigen Zug in den Mundwinkeln, der auch mich traurig machte.

»Hast du Kinder?«, fragte ich, als wüsste ich nichts von ihm.

»Ja, zwei Söhne«, sagte er. »Sami und Kerem. Sami ist zwölf, Kerem zehn. Doch ich sehe sie nur selten, sie leben bei meiner geschiedenen Frau.«

Mein Vater sah meine Mutter an. »Hast du auch noch mehr Kinder?« Sie wandte den Blick ab und schüttelte den Kopf. Wir hatten den See mit dem Springbrunnen hinter uns gelassen und wanderten zwischen den hohen alten Bäumen immer weiter den Hügel hinauf. Obwohl wir im Schatten gingen und ich nur ein luftiges

Kleid und offene Schuhe trug, schwitzte ich. Vor uns sprang ein Eichhörnchen am Stamm herab, lief über den Weg und verschwand am nächsten Baum sofort wieder in den Zweigen.

»Sincap«, sagte mein Vater. »So heißt es auf Türkisch. Hier gibt es sehr viele.«

»Sin-dschap«, wiederholte ich. »Sin-dschap.«

»Warum hast du einen anderen Namen angenommen?«, fragte meine Mutter.

»Nur zur Sicherheit«, erklärte er und bestätigte das, was Sinan uns schon berichtet hatte. Mein Vater hatte einige kritische Artikel geschrieben und danach Drohanrufe bekommen. »Hast du nach mir gesucht?«

»Ja.« Meine Mutter sah ihn nicht an. Wir umrundeten einen hübschen Ziegelbau, in dem die alte Porzellanmanufaktur untergebracht war, die Gisela erwähnt hatte. »Und du?«

»Ich wollte, wusste aber deinen Nachnamen nicht.«

»Warum nicht?« Erschrocken zuckte meine Mutter zusammen.

»Du hast gesagt, dass es besser so wäre, weißt du nicht mehr?«

»Nein.«

Ich bekam ein hohles Gefühl im Bauch. Er hatte ihren Nachnamen nicht gewusst. Sie hatte ihn verschwiegen. Kein Wunder, dass er sich nicht gemeldet hatte. Ich versuchte unsichtbar zu sein, nicht zu weinen und keine Silbe des Gesprächs zu verpassen, doch die beiden redeten ohnehin, als wären sie allein.

»Warum hast du es mir nicht gesagt?« Mein Vater guckte meine Mutter direkt an, als er fragte. »Früher, bevor du mich nicht mehr finden konntest?«

»Ich dachte, es hat keinen Sinn.« Sie starrte geradeaus auf die üppigen Tulpenbeete. »Ich dachte, dass du … nach allem …«

»Wirklich?« Verständnislos schüttelte mein Vater den Kopf. »Aber sie ist auch mein Kind … wie …?«

»Ich konnte nicht.« Meiner Mutter liefen die Tränen, und mein Vater stellte sich vor sie, so dass sie nicht weitergehen konnte. Sie waren etwa gleich groß, mein Vater hatte wenige Zentimeter mehr. Liebevoll strich er über ihre Wange.

»Ja«, sagte er leise. »Es war eine andere Zeit. Wir waren einfach zu jung.« Meine Mutter sagte nichts, doch ich merkte, dass es ihr durch und durch ging. Ihr Gesicht war voller Schmerz und Scham, die Fassade so zerrissen wie meine, als Matteo mit mir Schluss gemacht hatte, jede Empfindung deutlich sichtbar, ohne jede Maskerade. So verletzlich hatte ich meine Mutter noch nie erlebt. Mir wurde klar, dass sie damals nur wenig älter gewesen war als ich jetzt. Obwohl auch ich mich schämte und schrecklich überflüssig fühlte und

Angst hatte, die beiden zu stören, war es einer der Momente, die ich in meinem ganzen Leben nicht vergessen würde. Weil mich beide nun an sich zogen, weil ich endlich zwischen ihnen sein durfte, weil wir verbunden waren und weil wir drei für einen Wimpernschlag zu der Familie verschmolzen, die wir nie gewesen waren.

Der Streit

Es war ein tränenreicher Tag gewesen. Ich konnte mich nicht erinnern, in so kurzen Abständen je so viel geweint zu haben. Immer wenn ich dachte, das sei das letzte Mal, sagte jemand etwas, sah mich an, machte eine Geste, und es ging wieder los. Alles bewegte mich. Selbst Sinans Frage auf der Rückfahrt, wie es denn gewesen war. Und auf Hennys Sprachnachricht, die unbedingt Einzelheiten wissen wollte, antwortete ich gar nicht erst. Ich schaltete sogar mein Handy aus.

Im Hotel waren meine Mutter und ich sofort in einen Tiefschlaf gefallen, aus dem wir nur erwachten, weil sie den Wecker in ihrem Handy gestellt hatte. Ich war so fertig, dass ich kurz überlegte, im Hotel zu bleiben. Aber nur sehr kurz. Nach dem Duschen ging es mir wieder besser. Stolz drehte ich mich in meinem Jumpsuit vor dem Spiegel. Er war mit winzigen roten Blüten bedruckt und passte zu meiner gebräunten Haut. Ich hatte tatsächlich Farbe bekommen. Auch meine Mutter hatte sich zurecht gemacht. Zu ihrem langen schwarzen Kleid trug sie die Haare mit einer weißen Stoffblume hochgesteckt.

Sinan sagte zwar, dass sein Auftrag erledigt sei und er sich nicht aufdrängen wolle, doch zum Glück bestand meine Mutter auf seine Anwesenheit. Sie sagte, er habe so viel für uns getan, dass sie sich revanchieren wolle, und außerdem sei er von meinem Dede ausdrücklich eingeladen worden. Da freute er sich dann doch. Und ich mich natürlich auch, nicht zuletzt, weil er gesagt hatte, ich sähe toll aus in meinem Teil!

Die Fahrt zum Restaurant war entspannter als die mit der Fähre, und ich konnte kaum glauben, dass das alles an einem einzigen Tag geschah.

Es war schon recht dunkel, als wir drei von einem Kellner in Livree an einen Tisch auf der Terrasse geführt wurden, die über dem Wasser zu schweben schien.

»Herzlich willkommen am Goldenen Horn!«, übersetzte Sinan die Begrüßung des Kellners, und überwältigt nahmen wir am großen Tisch Platz. Wir waren die Ersten. Hinter uns standen große Kübel mit üppig blühenden Pflanzen, unter uns glitzerte das Meer, und beleuchtete Yachten schaukelten an den Anlegestellen. Vor uns brannten Kerzen, und die Lichter der Stadt funkelten bis weit in den Horizont, über uns erstreckten sich Mond und Sterne, und warme Luft streichelte unsere Haut. Es hatte schon fast etwas Unwirkliches. Und wenn Sinan nicht todernst behauptet hätte, dass der Laden auch einem seiner Onkel gehörte, wären mir garantiert wieder die Tränen gekommen. So starrten wir ihn entgeistert an, bis er sich das Grinsen nicht mehr verkneifen konnte.

»Scherzkeks!«, sagte meine Mutter. »Ich hätte dir das auch noch geglaubt!«

»Hab ich gemerkt«, lachte Sinan und stand auf, um meinen Vater zu begrüßen, der an unseren Tisch trat.

»Guten Abend«, lächelte er, und sein Blick verharrte eine Spur länger bei meiner Mutter. »Ihr seht wunderschön aus!«

Mein Vater hatte recht. Mich selbst fand ich heute zwar auch gelungen, aber meine Mutter hatte eine Zeitreise hinter sich. Die intensiven Erlebnisse des Tages und die Erholung durch den Schlaf ließen sie zehn Jahre jünger aussehen, mindestens.

Als meine Tante mit ihrem Mann Haluk und Melisa kamen und kurz darauf Babaanne und Dede, wurde es sehr lebhaft am Tisch. Haluk war ein großer, stämmiger Mann mit stoppeligen Haaren und schneeweißen Zähnen, der die ganze Geschichte noch einmal aus unserem Mund hören wollte, also aus Sinans. Er schüttelte zwischendurch oft den Kopf und rief: »Allah, Allah!«

Dede gab die Bestellung für uns alle auf und war ein wenig enttäuscht, dass meine Mutter und ich nichts von den Fleischtellern aßen. Um ihn nicht zu kränken, sagte sie, wir würden tierisches Eiweiß gesundheitlich nicht vertragen, das konnte er dann akzeptieren. Doch der Tisch bog sich ohnehin unter den zahlreichen Gerichten, und ich war überrascht wie viel davon vegan war. Neben unterschiedlichen Salaten gab es gefüllte Weinblätter, Auberginen in Tomatensoße, kalte Bohnen, Hummus und andere Knoblauchpasten, gebratene Zucchini und Paprika und dazu frisch gebackenes Fladenbrot. Die Erwachsenen tranken Raki und Wasser, und nach kurzer Zeit färbten sich die Wangen meiner Mutter rötlich, und sie begann zu kichern. Meinen Vater schien das zu freuen, denn er flüsterte ihr immer wieder etwas ins Ohr, woraufhin sie erneut gluckste. Ela und Haluk ließen sich von der Fröhlichkeit der beiden anstecken und auch Babaanne warf den einen oder anderen Scherz ein, den Sinan übersetzte. Er jonglierte mit deutschen und türkischen Sätzen in einem Tempo, dass ich bald glaubte, Türkisch zu verstehen. Und inmitten des Trubels war die kleine Melisa seelenruhig auf dem Schoß ihrer Eltern eingeschlafen. Einzig Dede schien etwas zurückhaltend. Er war zwar freundlich, lächelte uns zu und beteiligte sich an den Gesprächen, trotzdem hatte ich den Eindruck, dass irgendetwas nicht stimmte. Es war etwas in ihren Blicken, die er und mein Vater sich zuwarfen, das mich misstrauisch machte, doch ich konnte es nicht einordnen. War Dede böse auf meinen Vater, weil er ein Kind mit meiner Mutter hatte? Oder weil mein Vater es ihm und Babaanne verschwiegen hatte? Oder war er vielleicht böse, weil sich mein Vater nicht um mich gekümmert hatte? Oder war das alles Quatsch und ich Hypersensibelchen sah wieder Dinge, die sich im mikroskopischen Bereich bewegten und für das große Ganze überhaupt keine Rolle spielten? Eine Katze huschte unter den Tischen entlang, schnappte sich einen herabgefallenen Brocken und lief davon. Ich dachte an Momper, der mein Zeichen war, bei mir selbst zu bleiben. Und als meine Eltern aufstanden und sich etwas abseits an die Balustrade stellten, weil mein Vater eine Zigarette rauchen wollte, fasste ich einen Entschluss. Ich konnte diese Dinge weder verstehen noch beeinflussen, und es war auch nicht meine Aufgabe. Wir alle zusammen hatten etwas Wunderbares vollbracht. So oder so, egal, wohin es nun führen würde. Damit löste sich der Knoten für mich, und am Ende der vielen schönen Stunden kam es mir vor, als würde ich diese Menschen schon sehr lange kennen.

In der Nacht hatte ich einen unglaublichen Traum. Ich stand wieder am Abgrund und sah in die Tiefe. Doch er war nicht mehr grau und neblig und tief, er war grün und eher flach wie eine Senke. Jemand rief meinen Namen. Als ich mich umdrehte, bemerkte ich meine Eltern, die Hand in Hand auf mich zukamen. Sie nahmen mich in ihre Mitte, und gemeinsam gingen wir über eine sattgrüne Wiese. Wir waren barfuß und sanken ins Gras ein wie in einen flauschigen Teppich. Der Abgrund war verschwunden. Am Ende der Wiese lehnte Sinan an einem Mammutbaum mit einem Eichhörnchen in der Hand. »Für dich«, lächelte er und hielt es mir hin. Das Eichhörnchen sprang auf meine Hand, ich spürte die kleinen weichen Pfötchen auf der Haut, während es eine Nuss knabberte. Leider wachte ich an der Stelle auf, weil ich dachte, »Ich muss unbedingt gucken, was das Eichhörnchen für ein Krafttier ist!« Verrückt!

Ich gähnte und streckte mich. Sonnenlicht stahl sich durch eine Lücke in den schweren Vorhängen, und ich wusste nicht, wann ich zum letzten Mal so zufrieden gewesen war.

Meine Mutter drehte sich zu mir. »Guten Morgen.«

»Oh, du bist schon wach?« Ich rieb mir die Augen. »Morgen!«

»Ja«, sagte sie. »Schon lange.«

»Ich hab sooo gut geschlafen!«

»Das freut mich«, lächelte meine Mutter. »Mir geht's auch gut.«

»Ja?«

»Sehr sogar.«

Ich richtete mich auf und lehnte mein Kissen an die Rückwand, so dass ich etwas erhöht liegen konnte. »Siehst du«, sagte ich triumphierend. »Ich hab doch gesagt, die Geschichte ist noch nicht zu Ende!«

»Und du hattest recht.«

»Wie findest du ihn?«, fragte ich.

»Cenk?«

»Ja, klar, wen sonst?«

Schließlich war er die wichtigste Person. Meiner Mutter war das wohl bewusst, doch sie zögerte unter meinem direkten Blick.

»Jetzt guck mich nicht so an!« Lachend hielt sie sich die Hände vors Gesicht. »Eve!«

»Was?« Es machte Spaß, sie ein bisschen zu provozieren.

»Du weißt, dass ich ihn mag!«

»Ja.«

»Und bei dir?«, fragte sie. »Wie läuft's mit Sinan so?«

Jetzt wurde ich rot, und meine Mutter schmunzelte.

»Na gut«, grinste ich. »Unentschieden.«

Sie stand auf und sah auf die Uhr. »Wir sollten uns

langsam fertigmachen. Cenk holt uns bald ab, und ich wollte zumindest noch einen Tee trinken.«

»Wo fahren wir heute hin?«

»Nach Çamlıca«, antworte meine Mutter. »Da gibt es die zwei höchsten Hügel Istanbuls.«

»Muss er nicht arbeiten?«

»Er hat mir gestern gesagt, dass er sich Urlaub genommen hat, solange wir hier sind.«

»Und ... was hat ... mein Vater sonst noch so gesagt?«

»Neugierig bist du gar nicht, oder?« Meine Mutter griff nach ihrem Handtuch.

»Doch, und wie!«

Sie seufzte, setzte sich wieder aufs Bett und erzählte. Es hatte einen Streit gegeben, zwischen Dede und meinem Vater. Einen großen Streit, nachdem meine Tante ihnen eröffnete, dass Cenk eine Tochter habe. Doch der Konflikt zwischen Vater und Sohn war nicht neu, er schwelte schon lange. Genaugenommen seit der Affäre meiner Eltern vor sechzehn Jahren. Gestern hatte mein Vater meiner Mutter gesagt, dass er die Verlobung mit dem Mädchen letztlich doch gelöst hatte, weil er mit ihr nicht zusammen sein konnte. Er war in meine Mutter verliebt und sah keine Möglichkeit, sie zu finden. Er hatte sogar die Fluggesellschaften abtelefoniert und gefragt, ob eine Connie unter den Gästen gewesen sei.

Das war alles, was er wusste. Eine Auskunft bekam er nicht. Mein Vater blieb eine ganze Weile allein, in der Hoffnung, dass meine Mutter sich doch noch bei ihm melden würde. Das Verhältnis zu seinen Eltern, insbesondere zu seinem Vater, war seit der Trennung gestört. Dede, damals noch ein sehr altmodischer Mann, konnte seinem Sohn nicht verzeihen, und mein Vater hielt Dede für verbohrt. Sie brachen den Kontakt ab. Auch als mein Vater eine andere Frau heiratete, gab es keine Versöhnung, obwohl meine Großeltern eingeladen worden waren und Babaanne wohl gern hingegangen wäre. Aber sie konnte sich gegen ihren Mann nicht durchsetzen. So kamen nur Ela, Haluk und Melisa. Selbst die zwei Enkel konnten Dede nicht erweichen, und dass sein Sohn dann auch noch Artikel schrieb, die den politischen Ansichten des Vaters entgegenstanden, machte alles nur noch schlimmer. Jahrelang blieben sie sich fern. Da war natürlich die Nachricht meiner Tante, dass Cenk ein Kind in Deutschland hatte, wie eine Bombe eingeschlagen.

Dede dachte zunächst, mein Vater hätte es ihm bewusst verschwiegen, und forderte ihn auf, endlich Ordnung in sein verkorkstes Leben zu bringen und Verantwortung zu übernehmen. Das brachte das Fass dann zum Überlaufen, und die Männer schrien sich die Dinge ins Gesicht, die sie schon vor vielen Jahren hätten sagen sollen. Nachdem alles raus war und Dede erfuhr, dass auch mein Vater keine Ahnung von mir gehabt hatte, wurde es etwas besser. Aber der Groll saß bei beiden noch tief.

»Puh«, machte ich. »Heftig!«

»Allerdings!«, nickte meine Mutter. »Kein Wunder also, dass die beiden noch ein bisschen Zeit brauchen.«

»Kommen er und Babaanne heute mit?«

»Ich glaube nicht. Cenk sagte, dass wir später bei ihnen zum Essen eingeladen sind. Aber Ela und ihre Familie sind dabei.«

»Okay, wie lange habe ich noch Zeit zum Duschen?«

»Zehn Minuten«, antwortete meine Mutter. »Weil ich jetzt auch nur noch zehn Minuten habe. Was ist mit Sinan?«

»Er kann nicht.« Ich verzog den Mund. »Muss den Stoff nacharbeiten, den er gestern verpasst hat.«

»Richtig so!«, sagte sie. »Gisela und Mehmet werden mir immer sympathischer, falls das überhaupt noch geht!«

Grummelnd verschwand ich als Erste im Bad, obwohl meine Mutter eigentlich vor mir hatte duschen wollen.

»Beeil dich!«, rief sie mir nach.

Ich sah Sinan am Morgen nicht mehr, weil er noch schlief, als uns mein Vater abholte. Er stieg aus einem schlichten schwarzen Wagen und kam uns im Eingang des Hotels entgegen. Mit seinem verwaschenen grauen Hemd und der richtigen Jeans sah er für einen Vater schon ziemlich cool aus. Seine dunklen Augen leuchteten, der traurige Zug darin war verschwunden.

»Günaydın«, sagte er.

»Günaydın, Baba«, antwortete ich, und da strahlte er erst recht.

»Das kannst du gern öfter sagen, hört sich gut an.« Er gab mir einen Kuss auf die Stirn und meiner Mutter einen auf die Wange. Wir stiegen ein, meine Mutter neben ihm und ich hinten. Wie in einer richtigen Familie.

Die Fahrt zum Fähranleger war kurz, doch bis wir mit dem Wagen hineinfahren konnten, dauerte es eine Weile. Ein Junge mit Sesamringen ging vorbei und verkaufte sein ganzes Tablett voll an die Wartenden. Ich dachte an Sinan, der sich von Simits ernähren wollte, und biss ein großes Stück für ihn ab.

Während das Schiff durch den Bosporus pflügte, standen wir an der Reling und ließen den Wind durch unsere Haare wirbeln. Die Augen meiner Mutter hatten ein so tiefes Blau angenommen, dass ich kurz davor war zu fragen, ob sie gefärbte Kontaktlinsen trug. Aber das lag wohl an der Reflexion durch das Wasser und den Himmel. Meinem Vater schien es jedoch auch aufzufallen, denn er sah sie ständig an.

Ich bat ihn, mit meinem Handy ein paar Fotos von uns zu schießen. Weil ich schräg von unten hoch guckte und mich die Sonne blendete, sah ich zwar etwas seltsam aus, aber egal. Wichtig war nur, dass wir zu dritt drauf waren. Und dass sich im Hintergrund schemenhaft eine Moschee abzeichnete, fand ich auch schön. Ich brauchte dieses Foto unbedingt für meinen Rahmen.

Nach dem Anlegen der Fähre ging es schnell. Die riesigen Luken öffneten sich und spuckten alle Autos wieder aus, die sich rasch auf die umliegenden Straßen verteilten.

»Wo sind wir?«, fragte ich, als mein Vater in eine stark befahrene Hauptstraße bog.

»In Asien!« Er zwinkerte mir im Rückspiegel zu. »Wir sind jetzt auf der asiatischen Seite, in Üsküdar. Çamlıca liegt über zweihundert Meter über dem Meeresspiegel, so dass man von dort eine tolle Aussicht über Istanbul hat. Gerade bei so klarem Wetter wie heute werdet ihr die ganze Stadt sehen können.«

Ich ließ meine Fensterscheibe absinken und hielt meine Hand gegen den Fahrtwind. Ein paar streunende Hunde lagen träge neben Mülltonnen oder im Schatten der Häuser, trotteten die Straße hinab oder schnüffelten an einer Papiertüte, die über den Bürgersteig wehte. Passanten liefen an ihnen vorbei. Ein junges Paar, ein bisschen älter als Sinan und ich, gingen Arm in Arm, er küsste sie, und ich sah mich nach ihnen um.

Als die Stimme des Muezzins erklang, merkte ich, dass ich ihn gar nicht mehr bewusst wahrgenommen hatte. Sein Gesang war für mich schon selbstverständlich geworden. In der kurzen Zeit. Ich lauschte und schloss die Augen.

Hatte ich einen Wunsch frei? Ich beschloss, einen Wunsch freizuhaben, und flüsterte in die letzten Worte des Muezzins: »Ich möchte wiederkommen. Ich möchte bald wieder hierher kommen.«

Die Versöhnung

»Manzara«, sagte Ela und streckte beide Hände nach vorne aus. »Manzara.« Melisa lachte über mein verständnisloses Gesicht und zeigte zur Bosporusbrücke. »Manzara.« Sie trug die Kette mit dem bunten Löwen.

»Maa-sarra«, wiederholte ich. Ich versuchte das N nur anzudeuten, das S weich auszusprechen und das R zu rollen, so wie sie es gemacht hatten. Melisa kicherte, weil ich es bestimmt falsch betonte, aber mein Vater nickte anerkennend.

»Gut! Manzara heißt Aussicht«, erklärte er auf Englisch. »Istanbul ist eine Stadt mit Manzara.« Vor uns lag tatsächlich ganz Istanbul, so wie er es versprochen hatte.

»Wenn du öfter hier bist, lernst du es sehr schnell«, sagte Haluk ebenfalls auf Englisch. »Und wir helfen dir. Wir alle.«

»Yes, you come here«, rief Ela, und Melisa klatschte begeistert in die Hände. »Yesyes!«

Ich warf meiner Mutter einen schnellen Blick zu,

um zu prüfen, wie sie es aufgenommen hatte, doch sie lächelte entspannt, als habe sie nichts Besonderes gehört.

Wir saßen in einem hübschen Pavillon, am höchsten Punkt des Parks, eingebettet in farbenprächtige Blumenrabatten, die nicht nur in Blüten-, sondern sogar in Mond- und Sternformen gepflanzt waren. Vor uns breiteten sich Üsküdar und angrenzende Bezirke mit ihren unzähligen roten Dächern aus. Dahinter lag der Bosporus matt wie ein blaues Seidentuch zwischen Europa und Asien. Winzige Spielzeugschiffe waren zu erkennen. Auf der anderen Seite ragten Hochhäuser aus der engen Bebauung, und dichte Grünflächen sprenkelten die Landschaft mit dunklen Tupfern. Was für eine riesige Stadt!

Sehnsüchtig betrachtete ich die Pfeiler der Bosporusbrücke, deren Größe auf die Entfernung nur zu erahnen war. »Eigentlich wollte ich da auch mal rüberfahren«, sagte ich bedauernd, und Melisa sah ihren Vater an, weil sie noch kein Englisch konnte.

»Beim nächsten Mal«, sagte mein Vater. »Versprochen.« Haluk übersetzte, und Ela fragte: »Tomorrow?«, doch ihr Mann schüttelte den Kopf und antwortete ihr auf Türkisch. Ohne Sinan war die Verständigung nicht so flüssig, wie wir es die letzten Tage gewohnt waren. Melisa zog eine enttäuschte Schnute und versuchte offensichtlich, ihren Vater zu überreden, doch bevor er etwas sagen konnte, schaltete sich mein Vater mit einer kurzen Erklärung ein.

Meine Mutter und ich sahen uns an und zuckten die Schultern.

»Ähh, iche nixe kapire!«, grinste ich auf Deutsch, und jetzt zuckten die anderen die Schultern.

»You are speaking *Argo*!«, lachte Haluk.

»Pidgin«, übersetzte mein Vater.

»Ach, Kauderwelsch!«, rief meine Mutter.

»Ahh!«, wiederholten die anderen. »Kaderwäsch!«

Auch ohne Übersetzer hatten wir also genug zu lachen, aber mit Sinan hätte es mir sicher noch besser gefallen. Nachdem wir etwas kaltes Wasser aus einem steinernen Brunnen am Pavillon getrunken hatten, brachen wir auf.

»In welche Richtung geht es jetzt?«, fragte meine Mutter.

»Nach Çengelköy.« Mein Vater streckte seinen Arm aus und wies nach rechts. »Da wohnen meine Eltern.«

Mein Vater hatte den Wagen etwas weiter unten an der Straße abgestellt, weil meine Mutter nach der langen Rückfahrt gern noch ein paar Schritte zu Fuß gehen wollte. Es war mitten in der Nacht, ruhig und verhältnismäßig dunkel, so dass wir den Sternenhimmel sehen konnten. Gebannt starrte ich nach oben. Vielleicht sah ich eine Sternschnuppe, mit der ich meinen Wunsch noch einmal verstärken könnte? Grillen zirpten laut neben uns im Gebüsch, und in der Ferne bellte ein Hund. Veilchenduft zog mir in die Nase und ein wunderbar warmes Sommergefühl dazu. Ich versuchte die Bilder, Gerüche und Geräusche gleichzeitig so tief wie möglich aufzunehmen und abzuspeichern, weil ich wusste, dass es bald vorbei war. Ich wollte es behalten. In mir, in meinen Gedanken und in meinem Herzen, damit ich es hervorholen konnte, damit ich davon zehren konnte, wenn ich wieder in Berlin war. Ich radierte den Gedanken sofort aus. Jetzt war ich hier, in dieser herrlichen Stadt, und jetzt würde ich es genießen, alles. Bis zur allerletzten Sekunde.

»Wir sehen uns morgen«, flüsterte mein Vater und nahm mich fest in seine Arme. »Güzel Kızım, benim!« Er löste sich von mir und sah mich an. »Danke, Ewwa«, sagte er. »Ohne dich wäre das alles nicht möglich gewesen. Du hast aus einem Problem ein Geschenk gemacht. Für uns alle! Danke!«

Mit nassen Wangen stieg ich allein die knarrende Treppe zu unserem Zimmer hinauf. Immer neue Tränen drängten aus meinen Augen, und ich ließ sie laufen. Ich konnte eh nichts dagegen tun.

Meine Mutter stand noch unten bei meinem Vater, weil sie sich allein von ihm verabschieden wollte. Es war unsere letzte Nacht hier im Hotel. Morgen kam Giselas Gast aus dem Iran, und wir mussten ausziehen. Wo wir dann übernachten würden, wussten wir nicht. Wir hatten es weder meinem Vater noch meinen Großeltern erzählt, sie hätten sonst darauf gedrängt, dass wir bei ihnen blieben, doch meine Mutter sagte, wir beide würden das schon irgendwie regeln.

Ich war gerade aus dem Bad gekomen und hatte mich ins Bett gelegt, als meine Mutter hereinschlich.

»Eve?«, wisperte sie. »Schläfst du schon?«

»Nein«, sagte ich.

»Sag mal, hättest du was dagegen, wenn ich mit Cenk morgen einen Teil des Tages allein verbringe?«

»Du, mit meinem Vater?«

»Ja«, lachte sie leise. »Ich mit deinem Vater.«

»Hat er eine Chance bei dir?«

Wieder lachte sie leise. »Das weiß ich noch nicht.«

»Na, das ist doch ein Anfang«, grunzte ich zufrieden. Es machte *klick*, wie ein Rädchen, das von selbst ins andere einrastete. Die Dinge fügten sich, eins nach dem anderen. Ich wusste nicht, ob es wirklich nur an mir lag, so wie mein Vater gesagt hatte, oder ob vielleicht einfach die Zeit reif war. Die Zeit des Erkennens und der Versöhnung?

Als wir bei Dede und Babaanne angekommen waren, hatte ich mich nicht nur über das schöne alte Haus gewundert, in dem sie wohnten, sondern auch über Dedes Verhalten. Soweit ich es mitbekam, piesackte er seinen Sohn zwar auch ab und zu, aber Babaanne, die neben mir saß, griff oft nach meiner Hand, zwinkerte mir zu und machte wegwerfende Gesten zu Dede hin. Ich verstand es so, dass sie mir sagen wollte: »Ach, der alte Sturkopf wird schon noch nachgeben, mach dir keine Sorgen!« Ich hatte das Gefühl, dass sie und ich uns wortlos verstanden, nur mit Blicken und Gesten, denn wenn mein Vater oder Haluk manches übersetzten, stimmte es oft mit dem überein, was ich gedacht hatte. Vielleicht verstand ich Türkisch ja auf einer völlig neuen Ebene? Zwischen den Zeilen? Intuitiv?

Oder vielleicht hatten meine Babaanne und ich einen geheimen telepathischen Draht zueinander? Wäre doch möglich, dass sich unsere Ähnlichkeit nicht nur auf unser Aussehen beschränkte? Ich war jedenfalls total perplex, als sie alte Fotoalben hervorholte und ich mich selbst vor sechzig Jahren in Istanbul sah. In altmodischen Kleidern und Spangenschuhen, mit Hut und Stola und nie mit Kopftuch. Auf keinem Bild.

Doch nicht nur mich verwirrte das. Uns alle. Mein Vater und Dede schüttelten fassungslos den Kopf,

Ela sprach von Schicksal, Haluk von Zufall und meine Mutter von Bestimmung. Jawohl, meine Mutter sagte Bestimmung! Aber Babaanne und ich hatten tatsächlich ein und dasselbe Gesicht. Es war erschreckend. Melisa beäugte mich danach so misstrauisch, als würde sie einem Geist gegenübersitzen oder Dolly, dem Klonschaf.

»Und ich habe so manches Mal gedacht, dass sie dich im Krankenhaus vertauscht haben!«, gestand meine Mutter mit schlechtem Gewissen. »Weil du niemandem ähnlich sahst, den ich kannte.«

»Na, das haben wir dann ja wohl hoffentlich geklärt«, sagte ich. »Und den Vaterschaftstest können wir uns auch schenken!«

Dieses Gespräch führten meine Mutter und ich allerdings auf Deutsch, ohne zu übersetzen, weil wir nicht wussten, ob unsere türkische Familie für solche Scherze zu haben war. Wir wollten nichts riskieren, jetzt, wo der Frieden noch frisch und alles im Werden war. Aber es schien so, als könnte nichts den guten Verlauf stören.

Als wir uns zu später Stunde verabschiedeten, nahmen sich Dede und mein Vater sogar in den Arm und klopften sich ein bisschen hilflos und trotzdem freundlich auf die Schulter.

Unsere Geschichte hatte vor sechzehn Jahren chaotisch und problematisch angefangen. Schrecklich, hatte meine Mutter gesagt. Ja, manchmal war es so gewesen. Aber nicht immer, und es war noch nicht zu Ende, noch lange nicht.

Der Anfang

Mit siegesgewissem Schmunzeln hielt er mir die Tüte hin. Eine zerknitterte blaue Tüte mit goldener Schrift.

»Ich hab nachgeguckt«, grinste er. »Mieses Wetter morgen in Berlin. Du brauchst was Langes.«

»Sinan!«, quiekte ich laut durch den Salon, als ich die blaue Zebra-Hose herauszog. Die anderen Gäste sahen sich nach uns um.

»Psst«, machte er. »Nicht dass deine Mutter dir auch noch dazu gratulieren will. Sie ist mit meinen Eltern im Foyer.«

»Oh!« Verzagt schielte ich zur halboffenen Tür hin und hoffte, dass meine Mutter abgelenkt war.

»Ja, bist du denn verrückt?!«, wisperte ich glücklich. »Was machst du denn?«

»Sie hat dir gefallen, oder?«

»Ja, aber …«

»Hey, du warst mein bester Auftrag bisher! Da werde ich mich wohl bedanken dürfen.«

Ich wusste, dass er es eigentlich scherzhaft meinte,

einen Stich gab es mir trotzdem. Aber nur kurz. Er goss Tee in unsere Gläser und reichte mir den Zucker.

»Hast du heute Zeit?«

»Ja«, sagte ich. »Du etwa auch? Ich dachte, du musst so viel für die Schule tun?«

Sinan rührte in seinem Glas. »Habe ich gestern alles erledigt, damit wir noch was machen können.«

Das war der Satz, den ich hören wollte. Nicht, dass ich sein bester Auftrag war. Ich wollte ihn schon fragen, was er denn unternehmen wolle, als mir etwas einfiel.

»Wann müssen wir eigentlich aus dem Zimmer raus?«, fragte ich.

»In etwa fünfzehn Minuten.« Sinan sah auf seine Uhr. »Dann kommt die Putzfrau.«

»Uach!« Unwillig verzog ich das Gesicht. »Ich hab gar keinen Bock jetzt noch woandershin. Hatte mich grade so schön eingelebt!«

»Auch nicht in eine andere Etage?«

»Nee«, sagte ich, weil ich zuerst gar nicht verstand, was er meinte. Dann schaltete sich mein Hirn wieder ein. »Wieso in eine andere Etage? Gisela hat doch gesagt, ihr habt kein freies Zimmer mehr.«

»Haben wir ja auch nicht …« Sinan brach ab, weil seine Eltern und meine Mutter hereinkamen. Die Hose hatte ich zum Glück wieder in die Tüte gesteckt und zu

Sinans Füßen gelegt, so dass es nicht aussah, als würde sie mir gehören. Doch weder meine Mutter noch Sinans Eltern nahmen Notiz davon.

»Eve«, sagte meine Mutter und setzte sich zu mir. »Ich habe gerade mit Mehmet und Gisela gesprochen, wir könnten eventuell auch die letzte Nacht hierbleiben ...«

»Was, echt?«, rief ich freudig.

»Ja«, sagte Sinan. »Aber nur, wenn du in meinem Bett schläfst!«

Über mein erschrockenes Gesicht mussten die vier so lachen, dass ich gleich darauf am liebsten im Erdboden versunken wäre. Sinan hatte sich bereit erklärt, auf der Couch im Wohnzimmer zu schlafen, und meiner Mutter und mir sein großes Bett zu überlassen.

»Wir können euch doch nicht einfach so rausschmeißen«, hatte Gisela gesagt. »Nach den aufregenden Tagen.«

»Ein gewisser Jemand hätte das ohnehin nicht zugelassen«, sagte Mehmet mit einem Seitenblick auf seinen Sohn, der ihm sofort einen Hieb verpasste.

»Außerdem wollte ich schon immer mal nach Berlin«, setzte Mehmet rasch hinzu. »Dann ...«

»Hallo?! Das war ja wohl *ich*«, unterbrach ihn sein Sohn entrüstet, und mein Herz fiel in einen gestreckten Galopp.

»Natürlich seid ihr jederzeit willkommen!«, sagte meine Mutter. »Alle drei! Wir würden uns freuen, oder Eve?«

Meine roten Wangen gaben mehr Antwort, als mir lieb war. Wann waren die Peinlichkeiten hier bloß vorbei? Vor der Tür ertönte eine Autohupe, und jetzt wurde plötzlich auch meine Mutter hibbelig.

»Das ist Cenk«, rief sie, und dann kam er schon herein, in einem dünnen weißen Baumwollhemd und heller Hose, mit einer Sonnenbrille in den Haaren und entspanntem Lächeln im braunen Gesicht, mein toller Vater.

»Ist das wirklich in Ordnung für dich?«, fragte er, und ich sagte so schnell ja, dass auch das wieder daneben war, weil jetzt alle wussten, wie gern ich die letzten Stunden mit Sinan verbringen wollte. Aber irgendwie war es auch egal. Sollte er es wissen und die anderen auch. Mir doch wurscht!

Wir mussten die Hauptstraße überqueren, um zum Meer zu gelangen, doch die Schlange der vorbeisausenden Wagen riss nicht ab. Ich kam mir vor wie an einer Autobahn.

»Nach dem Grünen und vor dem Taxi«, rief er und griff nach meiner Hand. »Los!« Wie die Hasen schlugen wir Haken um die hupenden Autos und sprangen auf den gegenüberliegenden Bordstein. Sinan lachte. Atemlos sah ich ihn von der Seite an, er fing meinen Blick auf und behielt meine Hand in seiner.

»Komm, wir gehen da rüber, unter dem Baum ist Schatten.«

Es war ein niedriger Baum mit runder Krone, der seine Äste über eine flache Mauer ragen ließ. Kleine grüne Früchte hingen daran, die sich pelzig anfühlten, als ich darüberstrich.

»Was ist das?« Ich vermutete irgendetwas Exotisches.

»Aprikosen«, sagte Sinan. »Aber sie sind noch nicht reif, das Wetter war zu kühl in diesem Frühjahr.« Wir setzten uns nebeneinander, ließen aber einen kleinen Abstand zwischen uns.

»Schade«, sagte ich. »Ich hab noch nie Aprikosen vom Baum gegessen.«

Sinan stellte einen Fuß auf die Mauer und guckte aufs Meer. »Dann musst du wohl im Sommer noch mal wiederkommen«, sagte er und tat, als würde er ein Schiff beobachten, das am Horizont entlangglitt. Ich hätte mich beinahe verschluckt, obwohl ich gar nichts im Mund hatte. Ich hustete vorsichtshalber.

»Alles klar?« Er wandte sich zu mir.

»Ja, ja«, versicherte ich hastig und räusperte mich. »Hab nur was in den Hals gekriegt. Fluse oder so.«

Einen Moment schwiegen wir und sahen nun beide

aufs Wasser, dessen Oberfläche von Milliarden Glitzerpartikeln gekräuselt wurde.

»Hast du früher eigentlich auch kein Fleisch gegessen?«

»Ich hab mich schon gewundert, dass du gar nicht gefragt hast«, lachte ich. »Doch, früher ab und zu schon. Aber so richtig gern mochte ich es nie.«

»Ich hatte mir das auch schon mal überlegt«, sagte er, »aber hier ist es nicht ganz so einfach.«

»Warum?«, fragte ich. »Ihr habt doch alles. Obst und Gemüse wächst hier in jedem Vorgarten.«

»Ja, aber ich mag den türkischen Joghurt«, erklärte Sinan. »Den gibt's nicht ohne Milch.«

»Dann musst du wohl mal nach Berlin kommen«, sagte ich. »Da gibt's Joghurt ohne Milch.«

»Hmm«, machte er zustimmend und sah mich an. So lange, dass ich nervös wurde und etwas sagen musste.

»Ich habe im Sommer Geburtstag.«

»Dachte ich mir«, nickte er. »Löwe, oder?«

»Woher weißt du das?«

»Wegen deiner Augen«, sagte er. »Du hast Löwinnenaugen. Ziemlich abgefahren.«

Und wie er es sagte, war es das größte Kompliment, das ich je bekommen hatte. Ich hatte nur keine Ahnung, was ich darauf antworten sollte. Brauchte ich auch nicht.

»Hey«, rief er plötzlich. »Ist dir eigentlich schon aufgefallen, dass wir beide Halbblüter sind?«

»Jetzt, wo du es sagst.« Daran hatte ich tatsächlich noch nicht gedacht. »Sogar in derselben Art, Mutter Deutsche, Vater Türke.«

»Verrückt, oder?«, schmunzelte er.

»Ziemlich verrückt«, schmunzelte ich.

»Glaubst du eigentlich an Zufälle?«, fragte er, und ich schüttelte den Kopf.

»Ich glaube daran, dass alles seinen Sinn hat«, sagte ich.

»Dann meinst du also, dass es einen Sinn hat, wenn ich dich jetzt küsse?«

Als ich eine Ewigkeit später in Sinans Bett lag, mich in seinen wohligen Geruch kuschelte, jeder zärtlichen Geste nachfühlte, jedem seiner Worte nachlauschte, wusste ich schon, dass meine Mutter heute Nacht nicht kommen würde. Am Nachmittag schrieb sie, dass es später werden würde, und ich antwortete: »Bei mir auch!« Sie hatte mit meinem Vater einfach viel zu viel zu besprechen. Sie würden wie Sinan und ich am Wasser sitzen und reden und reden. Mindestens reden. Sechzehn Jahre waren eine lange Zeit. Und sechzehn unglückliche Jahre waren eine noch viel längere Zeit.

Als dann um halb drei noch eine Nachricht von ihr

kam, in der sie mich fragte, wann unsere Sommerferien beginnen würden und ob ich eventuell Lust hätte ..., sprang ich wie ein Flummi aus dem Bett und hopste durch Sinans Zimmer. Das Herz schlug mir bis zum Hals, meine Knie bebten. Wir würden wiederkommen! Wir würden wirklich und wahrhaftig wiederkommen! In ein paar Wochen schon. Wenn ich Geburtstag hatte, wenn die Aprikosen reif waren, wenn ich sie mit Sinan vom Baum pflücken und sonnenwarm essen konnte. Wir würden wiederkommen. Meine Mutter und ich.

Zu Sinan und Cenk, zu Babaanne und Dede, zu Ela, Haluk und Melisa und zu Gisela, Mehmet und Nejat. Zu all den wunderbaren Menschen, die wir kennenlernen durften und die eine Tür aufgestoßen hatten in unseren Herzen. Nein, es war ein Tor, ein großes Tor.

Hinter unserem Leben in Deutschland hatte sich ein weiteres aufgetan, eine eigene fremde Welt, mit ihrer Sprache, ihrer Umgebung, ihren Geräuschen und Gerüchen, mit Erlebnissen, Erfahrungen und vor allem mit ihren Menschen. Mit Eltern, Großeltern, Geschwistern und Kindern, mit einer vollständigen Geschichte, die schon immer mit unserer verbunden gewesen war, nur dass wir nichts davon wussten. Die nach dieser Zeit keine fremde Welt mehr sein würde, sondern Teil unserer eigenen, in der es noch so vieles zu entdecken und erleben gab. Nun hatten wir die Brücke zwischen ihnen und uns gefunden und konnten jederzeit von hier nach da wandern. Von einem Leben ins andere. Unsere zerrissenen Herzen würden zusammenwachsen, an manchen Stellen narbig und ein bisschen schief vielleicht, aber sie würden zusammenwachsen, vollständiger, stabiler und fester als jemals zuvor. Der Anfang war gemacht. Noch nie war ich so froh gewesen, ich selbst zu sein, und noch nie war ich so stolz auf meine Familie gewesen. Denn auch ich hatte jetzt eine Familie, zu der ich gehörte. Und was für eine!

Glossar

Allah, Allah   bei Gott, im Sinne von: Das gibt's doch nicht!

Çok mersi   vielen Dank

Günaydın Baba   guten Morgen, Papa

Güzel Kızım, benim   meine schöne Tochter

Rica ederim   bitte schön

Şerefe!   Prost!

Vallah   bei Gott!

Zwei halbe Herzen
ergeben ein ganzes

Mit einem neuen Pickel auf der Nase fängt alles an, dann trennen sich Sahras Eltern, und die beste Freundin schnappt sich Sahras heimlichen Schwarm. Wer braucht denn so was? Sahra flieht in die offenen Arme ihrer geliebten Oma in Istanbul. Aber da ahnt sie noch nicht, dass der fünfzehnjährige Tiago, der neu an ihrer Schule ist, verdammt gut küssen kann ...

Eine berührende Geschichte über das Erwachsenenwerden, das Leben auf zwei Kontinenten und die Liebe.

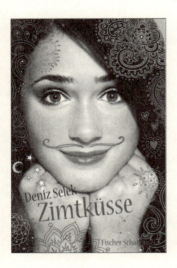

Deniz Selek
Zimtküsse
282 Seiten, gebunden

Fischer Schatzinsel

Sag mir, dass ich träume!

Jannah ist heimlich verliebt. Er heißt Ken, geht in die Klasse über ihr und würdigt sie keines Blickes. Auch Jannahs Mutter ist verliebt und beschließt, mit ihrem neuen Freund zusammenzuziehen. Dummerweise ist der Freund ihrer Mutter aber der Vater von Ken! Soll sie etwa in Zukunft das Badezimmer mit Ken teilen?
Und kann man noch für jemanden schwärmen, den man Tag für Tag sieht und dessen getragene Socken überall herumliegen? Für Jannah Chaos pur.

Eine Multikultichaosliebesgeschichte – turbulent, umwerfend komisch und so bunt wie das Leben!

Denis Selek
**Heartbreak-Family –
Als meine heimliche Liebe
bei uns einzog**
228 Seiten, gebunden

Das gesamte Programm gibt es unter
www.fischerverlage.de